collection

挚情 真知 雅意

名家作品中学生典藏版

STUDENT EDITION
XIAO
FU XING collection
肖复兴作品

肖复兴：作家。北京人，毕业于中央戏剧学院。著有长篇小说、中短篇小说集、散文随笔集、理论集一百余部。近著《肖复兴文集》十卷，《肖复兴散文精粹》六卷，《我们的老院》《北大荒断简》《读书知味》等。曾获全国及北京上海文学奖、中国好书奖、冰心散文奖、老舍散文奖多种。并获得"全国中小学生最喜爱的作家"称号。

藏典

谁等待盛装出场的未来

中学生典藏版 ⓒ 肖复兴 著

山西出版传媒集团
山西教育出版社

图书在版编目（ＣＩＰ）数据

肖复兴作品中学生典藏版：谁等待盛装出场的未来/肖复兴著. —太原：山西教育
出版社，2018.8（2020.6重印）
ISBN 978 - 7 - 5440 - 9943 - 1

Ⅰ. ①谁… Ⅱ. ①肖… Ⅲ. ①散文集 - 中国 - 当代 Ⅳ. ①I267

中国版本图书馆 CIP 数据核字（2018）第 144059 号

肖复兴作品中学生典藏版 · 谁等待盛装出场的未来

策　　划：刘晓露
责任编辑：崔　璨
复　　审：刘晓露
终　　审：郭志强
装帧设计：薛　菲
印装监制：蔡　洁

出版发行：山西出版传媒集团·山西教育出版社
　　　　　（太原市水西门街馒头巷7号　电话：0351 - 4729801　邮编：030002）
印　　装：阳谷毕升印务有限公司

开　　本：889 × 1194　1/32
印　　张：7
字　　数：152 千字
版　　次：2018 年 8 月第 1 版　2020 年 6 月第 2 次印刷
书　　号：ISBN 978 - 7 - 5440 - 9943 - 1
定　　价：26.00 元

如发现印装质量问题，影响阅读，请与印刷厂联系调换。电话：0635 - 6173567

RUIXING
2017.9.

少年季节和散文邂逅

（序）

肖复兴

能够为孩子们编选一本散文集，我感到荣幸。感谢山西教育出版社给予我这样一个机会。我特意选了一些适合孩子们读的散文，在这些短篇断章中，我写了自己的童年和少年，写了我的老师、同学和家人，以及一些萍水相逢的人，写了我的成长，一步步告别童年、少年和青春。回过头看，尽管身后的脚印歪歪扭扭，所幸的是，一直在往前走。

一晃，已是两鬓斑斑，童年和少年竟是那样的遥远。

是啊，我曾经也是一个小学生和中学生，在校园里，在图书馆里，或者在书店里，挑选一些自己喜欢的书看。那时候，看得最多的是散文。其中最喜欢的是冰心先生的散文。读中学的时候，冰心先生的散文集《樱花赞》出版了，我到王府井的新华书店买了一本。那是我读到的冰心先生的第一部作品，对她充满想象，渴望读到她更多的作品。在学校的图书馆里，我找到中华人民共和国成立之前开明书局出版过的她所有作品集，包括她的两本小诗集《春水》和《繁星》。我痴迷地整本抄录了她的《往事（二）》。爱屋及乌，我又买到了冰心翻译的印度诗人泰戈尔的两本散文诗集《新月集》和《飞鸟集》。

在我们学校的图书馆里，又意外碰上另一本散文集，日本女作家壶井荣的《蒲公英》。同时，在中学整个六年的时光里，我几乎读遍了图书馆里藏有的五四时期所有作家的散文集，鲁迅、叶圣陶、许地山、郁达夫、黄庐隐、丰子恺……好多前辈的散文断章，都抄录在我的笔记本上。

可以说，这些作家的散文，是我文学的启蒙，也是我人生的启蒙。这些散文，虽然只是短小制式，薄薄一束，但对我少年的成长至关重要，无可取代。我应该格外感谢那时候在校园里，在书店里，和他们的邂逅。我常常会面对着书中他们美丽而梦幻般的文字，诉说着自己心中缤纷如花或纷乱如云的一些想法、情感和生活的场景。有时候，也会照葫芦画瓢，学着他们的样子、他们的文字、他们的口吻，悄悄地写下属于自己的散文，尽管幼稚可笑，却买了一本漂亮的美术日记本，郑重地在上面记录下我最初行走时蹒跚的轨迹。有意思的是，虽然日子颠簸了半个多世纪，又经历过北大荒的风雪洗礼，一肩行李，零落不堪，这个笔记本居然完好无损，雪泥鸿爪，留下了一段段难忘的回忆。

我一直这样认为，少年季节的阅读，是人生之中最为美好的状态。实现这种美好的状态，需要和现在的三种阅读状态做决绝的斗争。这三种状态，便是拇指阅读、碎片阅读和实用主义阅读。拇指阅读，指的是现在越来越普遍的手机微信，所谓"两耳不闻窗外事，一心只读朋友圈"。碎片阅读，指的是现在流行的网络阅读方式，这种方式，更多获取的是信息，而信息和阅读是两码事。而只是为了写作文，为了应对考试进行的阅读，便是实用主义阅读的一种。

实现这种美好的阅读状态，首先要静下心，坐下来，找到适合自己并且自己真正喜欢的作品，发自身心地认真去读。这种阅读，会让你的心里充溢喜悦或忧伤，向往或梦幻，会让你和手机、电脑、电子游戏拉开一点距离，和现实拉开一点距离，对生活的未来充满一点想象，总觉得会有什么事情一定发生，而即将发生的那一切将会是很美好的，或者是值得憧憬的。我以为，这就是这种阅读状态给予一个正在成长的孩子最重要的收益了。

少年季节的阅读，融化在少年的血液里，镌刻在少年的生命中，让其一生受用无穷。而在这些阅读之中，文学书籍的作用，在于滋润我们的心灵，给予我们温馨和美感，以及善感和敏感，是其他方面的书籍所无可取代的。日后我们长大当然可以再来阅读这些书籍，但和少年时的阅读已是两回事，所有的感觉和吸收都是不一样的。

少年季节的阅读，与短暂而易逝的少年一样，都是一次性的，无法弥补。"一切可以从头再来"，只是安慰自己于一时的童话。

当然，文学体裁有很多，除散文，还有诗歌、小说、戏剧、理论等。但我还是要说，在一个孩子走出童年的童话阅读之后，最适合少年时代的，便是散文阅读。散文，尤其是写孩子的生活或和孩子的生活相关的散文，因其内容亲近而亲切，其篇章短小而精悍，其思考明细而清澈，更易于孩子接受与吸收。无论是对于培养孩子阅读和写作能力，还是培养孩子认知和审美能力，或是提高孩子的情商，散文都具有其他文体起不到的独特作用。可以说，散文是少年朋友最适宜的伙伴，它就像能够照见自己影像的一面镜子。

从某种程度而言，一个人的成长史就是阅读史。可以这样说，童年属于童话，少年属于散文，青春属于诗和小说。

2018年6月1日写于北京

CONTENTS 目录

辑 一:
蓖麻子的灵感

辑　二：
阳光的三种用法

辑　三：
胡萝卜花之王

辑 四：
谁等待盛装出场的未来

辑　一：
蓖麻子的灵感

　　这位女老师，用自己独特的方式，向比自己小几十岁的学生承认了自己的过错。我不知道她在送学生红领巾的时候，怎么会灵机一动，突然想起了蓖麻子？这绝对是灵感，蓖麻子使得老师认错这一简单的事情，化为了艺术，化为了她的学生一辈子永不褪色的美好回忆。

——《蓖麻子的灵感》

要看看外面的世界

老傅为我刻的鲁迅像

那片绿绿的爬山虎

　　1963年，我上初三，写了一篇作文叫《一张画像》，是写教我平面几何的一位老师。他教课很有趣，为人也很有趣，致使这篇作文写得也自以为很有趣。经我的语文老师推荐，这篇作文竟在北京市少年儿童征文比赛中获奖。当然，我挺高兴。一天，语文老师拿来厚厚一个大本子对我说："你的作文要印成书了，你知道是谁替你修改的吗？"我睁大眼睛，有些莫名其妙。"是叶圣陶先生！"老师将那大本子递给我，又说："你看看叶先生修改得多么仔细，你可以从中学到不少东西！"

　　我打开本子一看，里面有这次征文比赛获奖的20篇作文。我翻到我的那篇作文，一下子愣住了：首先映入眼帘的是红色的修改符号和改动后增添的小字，密密麻麻，几页纸上到处是红色的圈、钩或直线、曲线。那篇作文简直像是动过大手术、鲜血淋漓又绑上绷带的人一样。

　　回到家，我仔细看了几遍叶老先生对我作文的修改。题目《一张画像》改成《一幅画像》，我立刻感到用字的准确性。类似这样的地方修改得很多，长句子断成短句的地方也不少。有一处，我记得十分清楚："怎么你把包几何课本的书皮去掉了呢?"叶老先生改成："怎么你把几何课本的包书纸去掉了呢?"删掉原句中"包"这个动词，使句子干净了，也规范了。而"书皮"改成了"包书纸"更确切，因为书皮可以认为是书的封面。我真的从中受益匪浅，隔岸观火和身临其境毕竟不一样。这不仅使我看到自己作文的种种毛病，也使我认识到文学事业的艰巨：不下大力气，不一丝不苟，是难成大气候的。我虽然未见叶老先生的面，却从他的批改中感受到他的认真、平和以及温暖，如春风拂面。

　　叶老先生在我的作文后面写了一则简短的评语："这一篇作文写的全是具体事实，从具体事实中透露出对王老师的敬爱。肖复兴同学如果没有在这几件有关画画的事儿上深受感动，就不能写得这样亲切自然。"这则短短的评语，树立起我写作的信心。那时我才15岁，一个毛头小孩，居然能得到一位蜚声国内外文坛的大文学家的指点和鼓励，内心的激动可想而知，涨涌起的信心和幻想，像飞出的一只鸟儿抖着翅膀。那是只有那个年龄的孩子才会拥有的心思。

　　这一年暑假，语文老师找到我，说："叶圣陶先生要请你到他家做客!"我感到意外。像叶圣陶先生这样的大作家，居然要见见一个初中学生，我自然当成人生中的一件大事。

　　那天，天气很好。下午，我来到东四北大街一条并不宽敞却很安静的胡同。叶老先生的孙女叶小沫在门口迎接了我。院子是典型的四合院，敞亮而典雅，刚进里院，一墙绿葱葱的爬山虎扑入眼帘，使得夏日的燥热一下子减少了许多，阳光都变成绿色的，像温柔的小精灵一样在上面跳跃着闪烁着迷离的光点。

叶小沫引我到客厅，叶老先生已在门口等候。见了我，他像会见大人一样同我握了握手，一下子让我觉得距离缩短不少。落座之后，他用浓重的苏州口音问了问我的年龄，笑着讲了句："你和小沫同龄呀！"那样随便、和蔼，作家头顶上神秘的光环消失了，我的拘束感也消失了。越是大作家越平易近人，原来他就如一位平常的老爷爷一样让人感到亲切。

想来有趣，那一下午，叶老先生没谈我那篇获奖的作文，也没谈写作。他没有向我传授什么文学创作的秘诀、要素或指南之类。相反，他几次问我各科学习成绩怎么样。我说我连续几年获得优良奖章，文科理科学习成绩都还不错。他说道："这样好！爱好文学的人不要只读文科的书，一定要多读各科的书。"他又让我背背中国历史朝代，我没有背全，有的朝代顺序还背颠倒了。他又说："我们中国人一定要搞清楚自己的历史，搞文学的人不搞清楚我们的历史更不行。"我知道这是对我的批评，也是对我的期望。

我们的交谈很融洽，仿佛我不是小孩，而是大人，一个他的老朋友。他亲切之中蕴含的认真，质朴之中包容的期待，把我小小的心融化了，以至不知黄昏什么时候到来，悄悄将落日的余晖染红窗棂。我一眼又望见院里那一墙的爬山虎，黄昏中绿得沉郁，如同一片浓浓湖水，映在客厅的玻璃窗上，不停地摇曳着，显得虎虎有生气。那时候，我刚刚读过叶老先生写的一篇散文《爬山虎》，便问："那篇

《爬山虎》是不是就写的它们呀?"他笑着点点头:"是的,那是前几年写的呢!"说着,他眯起眼睛又望望窗外那爬山虎。我不知那一刻老先生想起的是什么。

我应该庆幸,有生以来第一次见到作家,竟是这样一位大作家,一位人品与作品都堪称楷模的大作家。他对于一个孩子平等真诚又宽厚期待的谈话,让我15岁那个夏天富有生命的活力,仿佛那个夏天变长了。我好像知道了或者模模糊糊懂得了:作家就是这样做的,作家的作品就是这么写的。在我的眼前,那片爬山虎总是那么绿着。

白发苍苍

小学三年级，多了一门作文课。教我们这门课的是新班主任老师。我记得很清楚，他叫张文彬，40多岁的样子，有着浓重的、我听不出来究竟是哪里的外地口音。他很严厉，又是正值年富力强的时候，站在讲台桌前，挺直的腰板，梳一头黑黑的头发——他那头发虽然乌亮，却是蓬松着，一根根直戳戳地立着，总使我想起他给我们讲解的"怒发冲冠"这个成语——我们学生都有些怕他。

第一次上作文课，他没有让我们马上写作文，而是带我们看了一场电影，是到长安街上的儿童电影院看的。（如今这家电影院早已经化为灰烬，在包括它在内的一片地方建起了一个商厦。）我到现在还记得，看的是《上甘岭》。

那时，儿童电影院刚建成不久，内外一新。我的电影票座位是在楼上，一层层座位由低而高，像布在梯田上的小苗苗。电影一开始，身后放映室的小方洞里射出一道白光，从我的肩头擦过，像一道无声的瀑布。我真想伸出手抓一把，也想调皮地站起来，在银幕上露出个怪样的影子来。尤其让我感到新鲜的是，在每一排座椅下面都安着一个小灯，散发着柔和而有些幽暗的光，可以使迟到的小观众不必担心找不到座位。那一排排小灯让我格外感兴趣，以至使我看那场电影时总是走神，忍不住低头看那一排排灯光，好像那里面闪闪烁烁藏着什么秘密或什么好玩的东西。

张老师让我们写的第一次作文就是写这次看电影，他说："你们怎么看的，怎么想的，就怎么写，你觉得什么有意思，就写什么。"我把我所感受到的这一切都写了，当然，我没有忘了写那一排排我认为有意思的灯光。

没想到，第二周作文课讲评时，张老师向全班同学朗读了我的这篇作文。虽然，几十年过去了，我还记得特别清楚，他特别表扬了我写的那一排排灯光，说我观察仔细，写得有趣。他那浓重的外地口音，我听起来觉得是那样亲切。那篇作文所写的一切，我自己听起来也那么亲切。童年的一颗幼稚的心，使我第一次对作文产生了浓厚的兴趣。啊，原来自己写的文章还有着这样的魅力！

张老师对这篇作文提出了表扬，也提出了意见，其他具体的我统统忘记了。但我记得从这之后，我迷上了作文。作文课成了我最喜欢最盼望上的一门课。而在作文讲评时，张老师常常要念我的作文。他常在课下对我说："多读一些课外书。"我觉得他那一头硬发也不那么"怒发冲冠"了，变得柔和了许多。

有时，一个孩子的爱好，其实就是这样简单地在瞬间形成了。一个人的小时候，有时就是这样的重要。

那时，我家里生活不富裕，在内蒙的姐姐会给家里寄些钱。一次，姐姐刚寄来钱，爸爸照往常一样把钱放进一个小皮箱子里。我趁着爸爸上班，妈妈不在家，偷偷地打开了小皮箱子，拿走了一张5元钱的票子。小时候，5元钱，对我是一个多么大的数字呀！拿着它，我跑到离我家不远的大栅栏里的新华书店，破天荒头一次买了四本书。我到现在还保留着这四本书：《李白诗选》《杜甫诗选》《陆游诗选》《宋词选》。谁知，我为此付出的代价是屁股上挨了爸爸一顿鞋板子。这是我有生以来第一次也是唯一一次挨打。

这件事不知怎么传到张老师的耳朵里了，他毫不客气地给了我一个"当众警告"的处分，而且白纸黑字地贴在学校的布告栏里。说心里话，我很恨他。让我多看课外书的不是你吗？但当时我忘记了问一句自己：张老师可没有让你私自拿家里的钱去买书呀！

值得欣慰的是，我的作文，张老师依然在班里作为范文朗读。没过几日，学校的布告栏里又贴出一张纸：宣布撤销对我的处分。张老师对我说："是有意这样做的。对你要求严格些，没坏处！"我当时心里很不服气，这不是成心让我下不来台吗？小事一件，值得这样大张旗鼓宣传吗？大概他也觉得太过分了，才这样安慰我吧？那时候，我就是这样的幼稚。我并没有理解张老师一片严厉而又慈爱的心。

新年，我们全校师生在学校的小礼堂里联欢。小礼堂是用原来的破庙改建的，倒是宽敞，新装的彩灯闪烁，气氛挺热闹的。每个班都要出节目，我那天和同学一起演出的是话剧《枪》的片断。演得正带劲的时候，礼堂的门突然推开了，随着呼呼的冷风走进来一个白胡子、白眉毛、白头发的老爷爷，穿着一件翻毛白羊皮袄，身上还背着一个白布袋……总之，给我的印象是一身白。走进门，他捋了捋白胡子，故意装出一副粗嗓门儿说道："孩子们，我是新年老人，我给你们送新年礼物来了！"同学们都欢呼起来了，他走到我们中间，把那个白布袋打开，倒出来一个个小纸包，递给每个同学一份。小纸包里装的是铅笔、橡皮、三角板，或是糖果。当我们拿着这些礼物止不住笑成一团的时候，新年老人一把摘掉他的白胡子、白眉毛和白头发，我才看清，哦，原来是我们的张老师！

第二年，他就不教我们了。他给我留下了这个白胡子、白眉毛和白头发的新年老人的印象。他给我一个现实生活中难得的童话！这种童话，只有在我那个年龄才能获得，他恰当其时地给予了我。

后来，我从这所小学毕业，考入中学。"文化大革命"那一年，我刚好高中毕业，偶然从这所母校路过，我看见了张老师，他骑着一辆破旧的自行车，佝偻着背，显得苍老了许多，我几乎没有认出他来。尤其让我惊讶万分的是，他竟然像那年装扮的新年老人一样真的满头白发苍苍了。才不到十年呀，他不该老得这样快。他那一头"怒发冲冠"的乌黑的头发哪里去了呢？

我恭敬地叫了一声："张老师！"他跳下车，还认得我，没对我说什么，匆匆地骑上车走了。从此，我再也没有见过他。他那一头苍苍白发，给我的刺激太深了。

1974年，我从北大荒回到北京，一时没有工作，待业在家，好心的母校老师找到我，让我暂时去学校代课。我去了，首先问起了张文彬老师。得知他退休了，"文化大革命"中，他受到了不公正的待遇。站在张老师曾经站过的讲台上，我居然也做了老师讲课来了，而张老师却不在了，我的心里掠过一阵难以言说的感情。

　　不知怎么的，我的眼前总是浮动着张老师那白发苍苍的样子。

花荫凉儿

　　已经有二十多年没有见到高挥老师了，高老师一把握住我的手，拉我坐在她的身边。80岁的人了，腿脚利索，还显得那么有生气。高老师是我在汇文中学读书时的老师，那是五十年前的事情了，想想，那时她30岁上下，长得漂亮，又会拉一手小提琴，还在学校的舞台上演出过话剧。好长一段时间里，我偷偷地喜欢多才多艺的她，觉得她长得特别像我的姐姐，连说话的声音都像。

　　后来听说，她是志愿军文工团的团员，从朝鲜战场上回来，部队动员她嫁给首长。她没有同意，只好复员，颠沛流离之后考学，毕业不久，到了我们学校，开始教地理，后来负责图书馆。

　　我就是在高老师负责图书馆的时候，和她逐渐熟悉起来的。那是1963年的秋天，我读高一，因为初三的一篇作文在北京市获奖，校长对她说可以破例准许我进入图书馆自己选书。那一天的午饭时间，我刚要进食堂，看见高老师站在食堂旁的树下，向我招招手，我走过去，她对我说起了这件事，说你什么时候去图书馆都行。我的心里涌出一种说不出的感动，口拙，一时又说不出什么。她摆摆手对我说，快吃饭去吧。我走后忍不住回头，才发现高老师站在一片花荫凉儿里，阳光从树叶间筛下，跳跃在高老师的身上，像闪动着好多颜色的花一样，是那么的漂亮。

图书馆在学校五楼，由于学校有百年历史，藏书很多，有不少解放以前的书籍，由于没有整理，都尘埋网封在最里面的一间大屋子里。高老师帮我打开屋门的锁，让我进去随便挑。那是我有生以来第一次叹为观止见到那么多的书，山一般堆满屋顶，散发着霉味和潮气，让人觉得远离尘世，与世隔绝，像是进入了深山宝窟。我沉浸在那书山里，常常忘记了时间。常常是高老师在我的身后微笑着打开了电灯，我才知道她到了该下班的时候了。

久别重逢，逝去的口了，　下了迅速回流到眼前。我对高老师说："您对我有恩，没有您，也许我不会走上写作的道路。"高老师摆摆手说不能这么讲，然后对在座的其他几位老师说，"我去过肖复兴家一次，看见地上垫两块砖，上面搭一块木板，他的书都放在那里，心里非常感动，回家就对我女儿说。后来，肖复兴到我家里看见有一个书架，其实是最简单不过的一个矮矮的书架，他对我说，以后有钱我一定买一个您家这样的书架。"这给我印象很深。

我忽然想起了这样一件事，为了我破例可以进图书馆挑书，高老师曾经和一个同学吵过一架，那个同学也非要进图书馆自己挑书，她不让，同学气哼哼地指着我说为什么他就可以进去？为此，"文化大革命"中她被贴了大字报，说是培养修正主义的苗子。我私下猜想，为什么高老师默默忍受了，大概她去我家的那一次，是一个感性而重要的原因。秉承着孔夫子有教无类的理念，她一直同情我，帮助我。如今，这样的老师太少了；如今，不少老师是向学生索取，偏偏要通过学生寻找那些有钱有权的家长，明目张胆地增添自己的收入或关系网的份额。

我对高老师说："我从北大荒插队回来，第一个月领取了工资，先在前门大街的家具店买了一个您家那样的书架，22元钱，那时我的工资才42元半。"高老师对其他老师夸奖我说："爱书的孩子，到什么时候都爱书。"

我又对高老师说："您虽然挨了批判，但图书馆的钥匙还在您的手里，有一次在校园的甬道上，您扬扬手里的钥匙，问我想看什么书，可以偷偷进图书馆帮我找。好长一段时间，我都是把想看的书目写在纸上交给您，您帮我把书找到，包在一张报纸里，放在学校传达室王大爷那里，我取后看完再包上报纸放回传达室。这样像地下工作者传递情报一样借书的日子，一直持续到我去北大荒。那是我看书看得最多的日子。《罗亭》《偷东西的喜鹊》《三家评注李长吉》……好几本书，都没有还您，让我带到北大荒去了。"高老师说："没还就对了，还了也都烧了。"在场的几位老师都沉默了下来，那时，我们学校的书，成车成车拉到东单体育场焚毁，那里的大火曾经燃烧着我学生时代最残酷的记忆。

我庆幸中学读书时遇见了高老师。虽然多年未见，但心里一直把她当作自己的一位大姐（她比我姐姐大一岁）。想起她，总会有一种格外亲近的感觉。一个人的一生，萍水相逢中能够碰到这样的人，即使不多，也足够点石成金。分手时，我送高老师进了汽车，一直看着汽车跑远，才忽然想到，忘记告诉她，那个从北大荒回来买的和您家一样的书架，一直没舍得丢掉，还跟着我。

很多的记忆，都还紧紧地跟着我，就像影子一样，像校园里树叶洒下了花荫凉儿一样。

五月的鲜花

阎述诗老师，冬天永远不戴帽子，曾是我们汇文中学的一个颇为引人瞩目的景观。他的头发永远梳理得一丝不乱，似乎冬天的大风也难在他的头发上留下痕迹。

阎述诗是北京市的特级数学教师，这在我们学校数学教研组里，是唯一的。学校里所有的老师，包括我们的校长都对他格外尊重。他只教高三毕业班，非常巧，我上初一的时候，他忽然要求带一个初一班的数学课。可惜，这样的好事没有轮到我们班。不过，他常在阶梯教室给我们初一的学生讲数学课外辅导，谁都可以去听。他这样做，是为了我们学生，同时也是为了年轻的老师。他要把数学从初一开始抓起的重要性，用自己的实际行动告诉给大家。

我那时并不怎么喜欢数学，还是到阶梯教室听了一次他的课，是慕名而去的。那一天，阶梯教室坐满了学生和老师，连走道都挤得水泄不通。上课铃声响的时候，他正好出现在教室门口。他讲课的声音十分动听，像音乐在流淌；板书极其整洁，一个黑板让他写得井然有序，像布局得当的一幅书法、一盘围棋。他从不擦一个字或符号，写上去了，就像钉上的钉，落下的棋。给我印象最深的是他随手在黑板上画的圆，一笔下来，不用圆规，居然那么圆，让我们这些学生叹为观止，差点儿没叫出声来。

45分钟一节课，当他讲完最后一句话的时候，下课的铃声正好清脆地响起，真是料"时"如神。下课以后，同学们围在黑板前啧啧赞叹。阎老师的板书安排得错落有致，从未擦过一笔、从未涂过一下的黑板，满满堂堂，又干干净净，简直像是精心描绘的一幅图案。同学们都舍不得擦掉。

是的，那简直是精美的艺术品。我还未见过一个老师能够做到这样。阎老师并不是有意这样做，而是已经形成了习惯。长大以后，我回母校见过阎老师的备课笔记本，虽然他的数学课教了那么多年，早已驾轻就熟，但每一个笔记本、每一堂课的内容，他写得依然那样一丝不苟，像他的板书一样，不涂改一笔一画，哪怕是一个圆、一个三角形，都用圆规和三角板画得规规矩矩，而且每一页都布置得整齐有序，整个笔记本像一本印刷精良的书。阎老师是把数学课当成艺术对待的，他也把数学课化为了艺术。只是刚上学的时候，我不知道阎老师其实就是一位艺术家。

一直到阎老师逝世之后，学校办了一期纪念阎老师的板报，在板报上我见到诗人光未然先生写来的悼念信，信中提起那首著名的抗战歌曲《五月的鲜花》，方才知道是阎老师作的曲，原来他是如此学艺广泛而精深。想起阎老师的数学课，便不再奇怪，他既是一位数学家，又是一位音乐家，他将音乐形象的音符和旋律，与数学的符号和公式，那样神奇地结合起来。他拥有一片大海，给予我们的才如此滋润淋漓。

那一年，是1963年，我上初三，阎述诗老师才58岁，太早地离开了我们。他是患肝病离世的。肝病不是肝癌，并不是不可以治的。如果他不坚持在课堂上，早一些去医院看病，是不至于这么早走的。他就像唱着他的《五月的鲜花》的战士，不愿离开自己战斗的岗位一样，不愿离开课堂。从那一年之后，我再唱起这首歌："五月的鲜花，开遍了原野，鲜花掩盖着志士的鲜血……"便想起阎老师。

就是从那时起，我对阎述诗老师有了进一步的了解。以他的才华学识，他本可以不当一名寒酸的中学老师。艺术之路和仕途之径，都曾为他敞开。1942年，日寇铁蹄践踏北平，日本教官接管了学校后曾让他出来做官，他却愤然离校出走，开一家小照相馆艰难度日。解放初期，他的照相馆已经小有规模，凭他的艺术才华，他的照相水平远近颇有名气，收入自是不错。但是，这时母校请他回来教书，他二话没说，毅然放弃商海赚钱生涯，重返校园再执教鞭。一官一商，他都是那样爽快挥手告别，唯一放弃不下的是教师生涯。这并不是所有知识分子都能做得到的，人生在世，诱惑良多，无处不在，一一考验着人的灵魂和良知。

我对阎述诗老师的人品和学识愈发敬重。据说，当初学校请他回校教书，校长月薪90元，却经市政府特批予他月薪120元，实在是得有其所，充分体现了对知识的尊重。现在想想，即使在今天也不是那么容易做到的。

世上有许多东西是无法用金钱衡量的。阎述诗老师一生与世无争，淡泊名利；白日教数学，晚间听音乐，手指在黑板与琴键上均是黑白之间，相互弹奏；两相契合，阴阳互补，物我两忘，陶然自乐。这在物欲横泛之时，曲宦巧学、操守难持、趋避易变盛行，阎述诗老师守住了艺术家和教育家一颗清静透彻之心，对我们今日实在是一面醒目明澈的镜子。

诗人早就说过"有的人活着，他已经死了；有的人死了，他还活着"。想想抗战胜利都七十多年了，《五月的鲜花》自1937年发行也唱了七八十年，却依然在整个中国的土地上回荡。岁月最为无情而公正，这么长的时间里会有多少歌、多少人被人们无情地遗忘！但是，阎述诗老师和他的《五月的鲜花》仍被人们记起。

在母校纪念阎述诗老师的大会上，我见到他的女儿，她是著名演员土铁成的夫人。她告诉我她的女儿至今还保留着几十年前外公临终时吐出的最后一口鲜血——洁白的棉花上托着一块玛瑙红的血迹。

从血管里流出的是血，与从自来水管里流出的水，终究是不同的人生、不同的历史。

那块血迹永远不会褪色。那是五月的鲜花，开遍在我们的心上。

毕 业 歌

在20世纪50年代中期，我们大院里陆陆续续搬进好多新住户。很多是从农村来的，都是些出身贫寒的人家。租住的房子，是大院里破旧或其他废弃的房子改建的，房租仨瓜俩枣，没有多少钱。那时候，我们大院的房东，心眼儿不错，可怜这些人，旁人一介绍，就住进来了。

那时候，玉石和他的爸爸妈妈住进我们大院，房子是用以前的厕所改建的。我们什么时候到他家去，地上总是潮乎乎的，总觉得有股子臭味儿。但是，玉石觉得比他们家以前在农村住的好多了，关键是，离学校近，这让他最开心。他对我说过，在村里上学，每天得跑十几里的山路。

玉石搬进来那一年，读小学六年级，来年就要读中学了。这是他家决心从农村搬进北京城的一个主要原因。如果读中学，玉石就要到县城去，那就更远了。玉石学习成绩好，他爸爸说，就是砸锅卖铁，也要供玉石读中学，然后上大学。那时候，上大学，对于我是一件遥远的事情，但和玉石在一起，天天听他念叨，便也成为我一件特别向往的事情。

玉石的爸爸在村里是泥瓦匠，有手艺，到了北京，很快就在建筑工地找到了活儿。房子虽然是厕所改的，但一家人的日子过得其乐融融。就是玉石像豆芽菜一样，显得瘦小枯干，虽然比我大3岁多，长得还没有我高。记忆最深的是，有一次我们房东太太好心对玉石的妈妈说："你家孩子这是缺钙呀！"玉石妈妈连忙摆手说："我们家玉石不缺盖，家里的被子絮的棉花挺厚的。"

我们大院里好多街坊，都像房东一家关心玉石家，不仅因为两口子待人和气，关键是心疼玉石。玉石学习确实棒，小学毕业以全校第一的成绩考入汇文中学，更是让人们的心偏向玉石。并且，家家都拿玉石做榜样，催促自己孩子好好学习。我爸爸就是最有代表性的一个，几乎天天对我说："你瞧瞧人家玉石是怎么学的，你得向玉石一样，也得考上汇文！"

三年后，我也考上了汇文中学。玉石又考上了汇文的高中。这时候，全院开始以我们两人为骄傲。这是1960年的秋天，自然灾害和人祸一起搅裹，饥饿蔓延，家家吃不饱肚子。冬天到来的时候，玉石的爸爸从工地的脚手架上摔了下来，当场没了气。事后，从玉石妈妈的哭丧中，人们才知道，玉石的爸爸是把粮食省下来让玉石吃，自己尽吃豆腐渣和野菜包的棒子面团子，天天在脚手架上干力气活，肚里发空，头重脚轻，一头栽了下去。

玉石是个懂事的孩子，爸爸走了，妈妈没有工作，他不想再上学了，想去工地接他爸爸的班。工地哪敢要他？玉石背着书包，他不是去学校，而是瞒着他妈妈，天天去别的地方找活儿。一直到我们学校里的老师找到家里来了，是他班主任丁老师，一个高个子教物理的老师。玉石没在家，还在外面跑呢。丁老师对玉石妈妈说："玉石学习成绩一直很好，是个读书的材料，这么下去，就可惜了，您要劝劝他。学校也会尽力帮助的，咱们双管齐下好吗？"

玉石妈妈没听懂双管齐下是什么意思，等玉石回来，只是一把鼻涕一把眼泪地对玉石说："孩子呀，你爸爸为啥拼着命从村里到北京来？又为啥拼着命干活儿？还不就是为了让你好好上学？你这说不上学就不上学了，对得起你爸爸吗？说句不好听的，你爸爸就是为了你死的呀！"

玉石又开始上学了。有一天放学，在学校门口，我碰见了他。他显然是在校门口等我半天了。他要我跟着他一起去一个地方，我虽然很敬佩他的学习，但毕竟比他低三个年级，平常很少和他在一起，不知道他要我跟他去干什么。

我跟着他一直走到东便门外，那时候，蟠桃宫还在，大运河也还在，顺着河沿儿，我们一直走到二闸，这是我第一次去这个地方，人越来越少，已经是一片凄清的郊外了。他带着我走到了一个废弃的工地上，这时候，天擦黑了，暮霭四起，工地上黑乎乎的，显得有些瘆人。他悄悄对我说，你就在这里帮我看着，如果有人来了，你就跑，一边跑，一边招呼我！他这么一说，让我更有些害怕，不知道他要做什么。不一会儿，就看见他从工地上拉出好多钢丝，还有铜丝，见没人，拽上我就跑，跑到收废品的摊子前，把东西卖掉。他分出一部分钱给我，我没要，我知道，这也是没办法的事，他妈妈现在给人家看孩子，他是想用这种办法为母亲分担。

终于有一天，我们让人给抓到了。虽然是废弃的工地，还有不少建筑材料，也有人看守。玉石拉上我就跑，那人追上我们，一把揪着我们的衣领子，像拎小鸡似的把我们抓到他看守的一间板房里，打电话通知我们学校来领人。来的老师，骑着自行车，高高的身影，大老远就看出来了，是玉石的班主任丁老师。那人余怒未消，对丁老师气势汹汹地叫嚷道："你们学校得好好教育这俩学生，明目张胆地偷东西，太不像话了！"丁老师点着头，把我们领走，推着他那辆破自行车，沿着河沿儿，一路没有说话，只听见自行车嘎嘎乱响，我感到我们的脚步都有些沉重。走过东便门，走到崇文门，在东打磨厂口，丁老师停了下来，对我们说："快回家吧。"然后，他从衣兜里掏出了几块钱，塞在玉石的手里。玉石不要，他硬塞在玉石的兜里，转身骑上车走了。走进打磨厂，路灯亮了，我看见玉石悄悄地抹眼泪。

后来，玉石和我再也没有去工地。学校破例给了他助学金，一直到他高中毕业。1963 年，他考入地质学院后，和他妈妈一起从我们大院搬走，我就再没有见过他。"文化大革命"中，听我妈说，玉石来大院找过我一次，那时，他大学毕业，在五七干校等待分配。可惜，我正和同学外出大串联，没能见到他。后来我才知道，他来找我，是找我陪他一起回学校看看丁老师。那时候，丁老师被剃成了阴阳头，正在挨批斗。

前不久，我接到一个从西宁打来的电话，让我猜他是谁。我猜不出来，他告诉我他是玉石。他说他后来分配去了青海地质队，一直住在青海。他说他看过我写的柴达木的报告文学，也知道我弟弟在青海油田工作过。他说他一直生活在青海，他妈妈一直跟着他，直到去世。他说他退休后在学习作曲，而且出过专辑的唱盘。他笑着对我说：你觉得奇怪吧？我是学地质的，怎么改行了呢？我说我是有点儿奇怪，你是跟谁学的作曲？他说，我是自学的，但也不能这么说，你知道我读高中的时候，教我们数学的是阎述诗老师吧。我问：你跟他学的？我知道阎述诗老师曾经为著名的《五月的鲜花》作过曲。他笑着说，不是，但是我想阎老师可以教数学又可以作曲，我为什么不能学地质搞勘探又能作曲？玉石是一个有能力的人，有能力的人，世界在他面前是圆融相通的。

最后，他告诉我，他学作曲是想为丁老师作一支曲子。那个晚上，丁老师让他难忘，让他感受到世界上难得的理解和温暖。他说，这么多年，只要一想起丁老师，心里就像有音乐在涌动。

我告诉他，丁老师早好多年就已经去世了。他说，我知道了，所以，我想你把我的这番心思写篇文章好吗？我想借助你的文章让人们知道丁老师。过几天，我会把歌寄给你。

我收到了玉石创作的歌，名字叫《毕业歌》。说实在的，曲子一般，但其中一句歌词让我难忘：毕业了那么多年，你还站在我的面前；那个懵懂的少年，那个流泪的夜晚。

老电话号码

记忆中的那个夏天，是那样明亮而炎热。那是 1959 年夏天，我 11 岁，读小学五年级。暑假前最后一节体育课是打篮球——刚刚上完，班主任徐老师站在操场边，叫着我的名字，招呼我过去。我跑了过去，看见他身边站着一个高个子的男人，正笑眯眯地望着我。他不是我们学校的老师，我没有见过他。看样子，比我们徐老师还要年轻，不到 30 岁。

徐老师向我介绍道：这是少体校的航模教练叶教练。叶教练到咱们学校选人，看中你了！他对我说："我看你一节体育课了，也听了徐老师对你的介绍，愿不愿意到少体校跟我学航模？"

说老实话，那时候，我根本不知道航模是什么，我不怎么想学这个航模。但徐老师对我说："学航模不仅要求身体好，学习成绩也好才行，航模是体育，也是科技。"然后，又补充一句，"叶教练在咱们学校就选中你一个。"这话说得我把到嘴边的话咽了下去。

放暑假的第二天上午，按照叶教练说的地址，我去龙潭湖边上的体育馆里找他报到，就要正式开始我少体校航模队的训练了。非常巧，少体校篮球队也在那里招生，这才是我喜欢的呀。鬼使神差的，我去那里报了名，教练让我投了两个篮，又让我跑了一个三步跨篮，居然收下我，当天就参加了训练。第一次在木地板的篮球场上打球的感觉，比在我们学校的水泥地上打不知强哪儿去了，便早把叶教练忘到了脑后。

可惜的是，一个暑假下来，我被篮球队淘汰，教练认为我的个子以后不会长高。我再也没有去过体育馆，近在咫尺的少年体育生涯，仓促又苍白地结束了。

记得那样清晰，是1963年的寒假刚过。那一年，我读初三。一天清晨上学的路上，我路过花市大街，进了那里的锦芳小吃店，想买个炸糕当早点。为什么记得那么清楚，难道一定是炸糕，就不会是油饼吗？因为排队站在我前面的那个人买的也是炸糕。当然，如果是别人，我也不会记得那么清楚，他买好炸糕，回过头来，竟然望着我笑了笑。我开始没有认出他来，以为那笑只是出于礼貌。等我买好炸糕，准备出门的时候，看见他在门外等着我，对我说："不认识我了？我是叶教练呀！"我这才想起来，是叶教练，忽然非常羞愧。快四年的时间过去了，我的个子长高了一头多，他居然还能一眼认出我来。而我四年前辜负了他的好意。那一刻，我真的怕他问起我那一年为什么没有找他参加航模队？更怕他说我可是看见你参加了篮球队的哟！

他没有对我提及往事，只是问我现在在哪儿上中学？我告诉他我在汇文中学，他说是好学校，我就知道你差不了！然后，问我："还想不想学航模了？"我垂下头，没敢回答。他接着说："还是跟我学航模吧！我觉得你一定是个很不错的航模运动员！"说着，从他的背包里掏出一支笔和一个本，在本上写了一个他的电话号码。他把那张纸从本子上撕下来，递给我说："这是我的电话，你如果想学了，可以随时给我打电话。"

我们就这样在小吃店门口分手了。我走得很匆忙，现在想想，有些像逃跑的意思。因为我从心里不怎么喜欢航模，我想我不会给他打这个电话了。我走了几步，回头一看，他还站在小吃店门口向我挥手。我心里想，他要是个篮球教练该多好啊！

算一算，五十二年过去了，我再也没有见过叶教练。前些天，整理旧书和旧笔记本，从一个笔记本里竟然看到了这个老电话号码。纸已经发黄，那种只有那个年代才有的纯蓝墨水的笔迹，也已经变淡。面对这个老电话号码，我心里五味杂陈，我知道，过去的一幕早已如童话一般谢幕，那种充满着善意甚至纯真，和对一个十几岁孩子由衷的期待的情感与心地，也早已变淡甚至变色。

明明知道，这些年来电话号码早已经数位升级，变化得面目皆非，但我还是在电话机上按下了这个老号码。话筒里传来的只是忙音。如果是五十二年前，话筒里传来的一定是叶教练的声音。那一刻，我的眼睛里满是泪花。

蓖麻子的灵感

我当过整整十年的老师，大学、中学、小学，都教过。当惯了老师都讲究师道尊严，面对学生，觉得自己一贯正确。其实，老师常有马失前蹄的时候。

我教过的一位女高中生，对我讲过她自己的这样一件事。

小学一年级时，学校准备发展第一批同学加入少先队。上学路上，她和一个小男孩一起走。小男孩先天残疾，半路上挨了一个大男孩的打。她很气不过，冲上前一拳朝大男孩打去，谁知这一拳正巧打在大男孩的鼻梁上。小男孩挨欺负没流血，大男孩欺负人反倒鲜血直流，事情就是这样的反差古怪。她被班主任老师——一位慈祥的老太太叫到办公室，挨了批评。批评的原因，在老师看来，很是简单明了：大男孩鼻子流的血是如此显山显水。

第一批入队的名单里，没有了她。

　　她回家后，不吃不喝，气得病了。父母问她为什么，她不说话，自己和自己生气。这很符合孩子的特点，疙瘩就这样系上了，如果解不开，很可能会改变一个孩子一生的性格，乃至对整个生活的态度。孩子的事，就是这样的细小，大人们会觉得没什么大事，但在孩子柔弱的心里，却是没有小事的。

　　几天过后，那位老太太——她的班主任老师来到她家，手里拿着一条红领巾，还有一包蓖麻子。老师把红领巾戴在她的脖子上，把蓖麻子送给了她的父亲，还说了好多的话，有一句，她至今记忆犹新："这孩子像蓖麻子一样有刺儿！"

　　那个年代里，校园内外，种了许多蓖麻。它们可以炼油，蓖麻子曾伴我们这一代人度过肚内缺少油水的饥饿时光。现在的校园里，名贵的花草树木已经很多，很难见到蓖麻，学生对蓖麻陌生了许多。

　　这位女老师，用自己独特的方式，向比自己小几十岁的学生承认了自己的过错。我不知道她在送学生红领巾的时候，怎么会灵机一动，突然想起了蓖麻子？这绝对是灵感，蓖麻子使得老师认错这一简单的事情，化为了艺术，化为了她的学生一辈子永不褪色的美好回忆。

　　我相信，再高明的老师，也会有闪失的时候。闪失过后，向自己的学生低头认错已是很难；再将这认错的过程化为艺术，则不是每一位老师都能做到的。

　　三十多年前，我在北京一所中学里教高三语文并担任班主任，就在那一年的夏天，我考入了大学。即将离开这所中学的时候，班上发生了这样一件事：坐在最后一排一位个子高高的女生的钢笔不翼而飞。如果是一支普通的钢笔，倒也罢了，偏偏是她父亲在国外为她买的一支造型奇特、颜色鲜艳的钢笔。那时候，国门尚未打开，舶来品很是让人羡慕，让人眼睛为之一亮。

丢失钢笔后，她向我报告时，我看到她眼泪汪汪的，而她的同桌一位男同学，则得意而诡黠地笑着。这家伙平常就调皮捣蛋，是班上有名的嘎杂子琉璃球。我当时有些不冷静，一准儿认定是这小子使的坏！我立即叫他站起来！他偏偏不站，拧着脖子问我："凭什么叫我站起来？又不是我偷的钢笔！"我反问他："不是你偷的，你笑什么？"他反倒又笑了起来，而且比刚才笑得更凶："笑还不允许了？我想笑就笑！"

唇枪舌剑，话赶话，火拱火，一气之下，我指着他的鼻子，让他立刻给我离开（差点儿没说出"滚出"）教室！他更不干了，坐在那儿愣是不走。全班同学都把目光集中在我和他的身上，我更加不冷静，走上前去，一把揪起他，拖死狗一样，拖他往教室门口走去。他的劲儿很大，使劲儿挣巴着，和我"拔河"。

当了十年的老师，只有这一次，我竟和学生动了手。

第二天，这位女同学就找到了钢笔。她放错了地方，还愣在铅笔盒里找！没过多少天，我就离开了这所中学。到大学报到前，班上许多学生到我家来为我送行。没有想到，其中竟有这个被我揪起来的男同学。

我很感动。我觉得很对不起他，是我冤枉了他，而且还对他动了手。我不知道该如何表达。向他认个错？我缺乏勇气，脸皮也薄。自然，我也就没能如那位老太太一样，突然萌发出蓖麻子的灵感。

我当了十年的老师，却没有掌握当老师的这门独特艺术。

偶尔想起那个倔头倔脑的男同学，算算，他现在有50多岁了吧？

偶尔也想起蓖麻子。如今北京城真的已经很少能见到蓖麻了。

被雨打湿的杜甫

初三那一年的暑假，我们都是15岁的少年。那年夏天，雨下得格外勤。哪儿也去不了，只好窝在家里，望着窗外发呆，看着大雨顺着房檐倾泻如瀑；或看着小雨淅沥，在院子的地上溅起像鱼嘴里吐出的细细的水泡儿。

那时候，我最盼望着的就是雨赶紧停下来，我就可以出去找朋友玩。当然，这个朋友，指的是她。那时候，她住在我们大院斜对门的另一座大院里，走不了几步就到，但是，雨阻隔了我们。冒着大雨出现在一个不是自己家的大院里，找一个女孩子，总是招人耳目的。尤其是她那个大院，住的全是军人或干部的人家，和住着贫民人家的我们大院相比，是两个阶层。在旁人看来，我和她，像是童话里说的公主与贫儿。

那时候，我真的不如她的胆子大。整个暑假，她常常跑到我们院子里找我。在我家窄小的桌前，一聊能聊上半天，海阔天空，什么都聊。那时候，她喜欢物理，梦想当一名科学家。我爱上文学，梦想当一名作家。我们聊得最多的，是物理和文学，是居里夫人，是契诃夫与冰心。显然，我的文学常会战胜她的物理。我常会对她讲起我刚刚读过的小说，朗读我新读到的诗歌，看到她睁大眼睛望着我，专心地听我讲话的时候，我特别自以为是，洋洋自得，常常会在这种时刻舒展一下腰身。

不知什么时候，屋子里光线变暗，父亲或母亲将灯点亮。黄昏到了，她才会离开我家。我起身送她，因为我家住在大院的最里面，一路要逶迤走过一条长长的甬道，几乎所有人家的窗前都会趴有人头的影子，好奇地望着我们两人，那眼光芒刺般落在我们的身上。我和她都会低着头，把脚步加快，可那甬道却显得像是几何题上加长的延长线。我害怕那样的时刻，又渴望那样的时刻。落在身上的目光，既像芒刺，也像花开。

雨下得由大变小的时候，我常常会产生一种幻想：她撑着一把雨伞，突然走进我们大院，走过那条长长的甬道，走到我家的窗前。那种幻觉，就像刚刚读过的戴望舒的《雨巷》，她就是那个丁香一样的姑娘。少年的心思，是多么的可笑，又是多么的美好。

下雨之前，她刚从我这里拿走一本长篇小说《晋阳秋》。现在，我已经完全忘记了这本书是谁写的，写的内容又是什么了。但是，我清楚地记得，是《晋阳秋》。《晋阳秋》是那个雨季里出现的意外信使，是那个从少年到青春季里灵光一闪的象征物。

这场一连下了好几天的雨，终于停了。蜗牛和太阳一起出来，爬上我们大院的墙头。她却没有出现在我们大院里。我想，可能还要等一天吧，女孩子矜持。可是，等了两天，她还没有来。我想，可能还要再等几天吧，《晋阳秋》这本书挺厚的，她还没有看完。可是，又等了好几天，她还是没有来。

我有些着急了。倒不仅仅是《晋阳秋》是我借来的，到了该还人家的时候。而是，为什么这么多天过去了，她还没有出现在我们大院里？雨，早停了。

我很想找她，几次走到她家大院的大门前，又止住了脚步。浅薄的自尊心和虚荣心，比雨还要厉害地阻止了我的脚步。我生自己的气，也生她的气，甚至小心眼儿地觉得，我们的友谊可能到这里就结束了。

直到暑假快要结束的前一天的下午，她才出现在我的家里。那天，又下起了雨，不大，如丝似缕，却很密，没有一点要停的意思。她撑着一把伞，走到我家的门前。那时，我正坐在我家门前的马扎上，就着外面的光亮，往笔记本上抄诗，没有想到会是她，这么多天对她的埋怨，立刻一扫而空。我站起来，看见她的手里拿着那本《晋阳秋》，伸出手要拿过来那本书，她却没有给我。这让我有些奇怪。她不好意思地对我说："真对不起，我把书弄湿了，你还能还给人家吗？这几天，我本想买一本新书的，可是，我到了好几家新华书店，都没有买到这本书。"

原来是这样，她一直不好意思来找我。是下雨天，她坐在家走廊前看这本书，不小心把书掉在地上，正好落在院子的雨水里。书真的弄湿得挺狼狈的，书页湿了又干，都打了卷。

我拿过书，对她说："这你得受罚！"

她望着我问："怎么个罚法？"

我把手中的笔记本递给她，罚她帮我抄一首诗。

她笑了，坐在马扎上，问我抄什么诗？我回身递给她一本《杜甫诗选》，对她说就抄杜甫的，随便你选。她说了句：我可没有你的字写得好看，就开始在笔记本上抄诗。她抄的是《登高》。抄完了之后，她忙着起身站起来，笔记本掉在门外的地上，幸亏雨不大，只打湿了"无边落木萧萧下，不尽长江滚滚来"的那句。她不好意思地对我说："你看我，在同一个地方摔倒了两次。"

其实，我罚她抄诗，并不是一时的兴起。整个暑假，我都惦记着这个事，我很希望她在我的笔记本上抄下一首诗。那时候，我们没有通过信，我想留下她的字迹，留下一份纪念。那时候，小孩子的心思，就是这样的诡计多端。

读高中后，她住校，我和她开始通信，一直通到我们分别都去插队。字的留念，再不是诗的短短几行，而是如长长的流水，流过我们整个的青春岁月。只是，如今那些信都已经散失，一个字都没有保存下来。倒是这个笔记本幸运存活到了现在。那首《登高》被雨打湿的痕迹还清晰可见，好像五十多年的时间没有流逝，那个暑假的雨，依然扑打在我们的身上和杜甫的诗上。

发 小 儿

发小儿，是地道的北京话，特别是后面的尾音"儿"，透着亲切的劲儿，只可意会。发小儿，指的应该是从小拜一个师傅学艺，后来也指从小就是同学，摸爬滚打一起长大。童年的友谊，虽然天真幼稚，却也最牢靠，如同老红木椅子，年头再老，也那么结实，耐磨耐碰，而且漆色总还是那么鲜亮如昨。

黄德智就是我这样的发小儿。我们从小一起长大，有五十多年的友谊。小时候，他家宽敞，我总上他家写作业，顺便一起疯玩，天棚鱼缸石榴树，他家样样东西都足够我新奇的。找到草厂三条最漂亮的院门，就找到了他家，那门楼上有精美的砖雕，黑漆大门上有一条胡同文辞最讲究的门联：林花经雨香犹在，芳草留人意自闲。可惜，去年修马路，草厂三条西半扇全部拆了，他家的老院，连同我们童年的记忆，随之埋在平坦的柏油路下面。

"文化大革命"中，我去了北大荒插队，他留在北京肉联厂炸丸子，一口足有一间小屋子那么大的锅，哪吒闹海一般翻滚着沸腾的丸子，是他每天要对付的活儿。我插队回来探亲时候到肉联厂找他，指着这一锅丸子说："你多美呀，天天能吃炸丸子！"他说："美？天天闻这味儿，我都想吐。"

那时候，我喜欢写东西，他喜欢练书法，这是我们从小的爱好，一直舍不得丢，也是枯燥生活中的一点寄托。我插队回来后当老师，偷偷写了一部长篇小说，根本不知道有没有出版的希望，却取名叫《希望》。每写完一段，晚上就跑到草厂三条他家读给他听，然后听听他的意见。他脾气好，柔和而宽容，总是给我鼓励。读完小说，我们就像运动员下半场交换位置一样，他拿出他练习的书法给我看，让我品头论足。那时，我们书生意气，挥斥方遒，自以为是，指点彼此，胸荡层云，笔走乾坤。那时，他写了一幅楷书横幅"风景这边独好"，挂在他屋的墙上。

往事如烟，想起这段小屋练兵的激情往事，也已经过去了三十多年，一晃我们一下子都到了退休之年。发小儿的友情，一直坚持到如今，不是为示人观看的美人痣，却如同脚下的泡，是一天天日子踩出来的，皮肉连心。

如今，黄德智已经成了一位比较有名的书法家，他的作品获过不少的奖，陈列在展室里，悬挂在牌匾上，印制在画册中。我觉得他的影响应该比现在还高一些，才名副其实。黄德智为人低调，不善交际，无意争春，羞于名利，却觉得这样挺好，自娱自乐。我喜欢他的楷书和隶书，特别是小楷，很见功夫，一幅咫尺蝇头小楷，他要写上一整天。如今谁能够沉潜得下心，坐得住？这需要童子功，好的书法家如同高尔斯华绥的小说《品质》里写的"要做最好的靴子"的皮鞋匠一样，地道结实的功夫，靠一生心血的积累而结晶。

　　黄德智乔迁新居，我去他新家为他稳居。奇怪的是他的房间里没有他的一幅作品，我问他，他说觉得自己的字还不行。他的作品一包包卷起来都打成捆，从柜子的顶部一直挤满到了房顶。他打开他的柜子，所有的柜门里挤满了他用过的毛笔。打开一个个盛放毛笔的盒子，一支支用秃的笔堆在一起，如同一座小山，是陪伴他几十年岁月的笔冢。他说起那些笔里面的沧桑，胜似他的作品，就如同树下的根，比不上枝头的花叶漂亮，却是树的生命所系，盘根错节着日子的回忆。

木刻鲁迅像

　　我和老傅是高中同班同学。那时，我们住得很近，我住在胡同的中间，他住在胡同的东口，天天抬头不见低头见。高中毕业那年，正赶上"文化大革命"，闹腾了一阵子之后，我们两人都成了逍遥派。天天不上课，我们更是整天鳔在一起。他和他姐姐住一起，白天，他姐姐一上班，我便成了他小屋里常客，厮混一天，大闹天宫。

　　除了天马行空地聊天，无事可干，一整个白天显得格外长。要说我们也是汇文中学好读书的好学生，可是，那时已经无书可读，学校的图书馆早被封上大门。我从语文老师那里借来了一套十本的鲁迅全集。那时，除"马恩列斯"和毛选外，只有鲁迅的书可以读。我便在前门的一家文具店里，很便宜地买了一个处理的日记本，天天跑到他家去抄鲁迅的书，还让老傅在日记本的扉页上帮我写上"鲁迅语录"四个美术字。

老傅的美术课一直优秀，他有这个天赋，善于画画，写美术字。那时，我是班上的宣传委员，每周在教室后面的黑板上出一期板报，在上面画报头或尾花，在文章题目上写美术字，都是老傅的活儿。他可以一展才华，在黑板报上龙飞凤舞。

老傅看我整天抄录鲁迅，他也没闲着，找来一块木板，又找来锯和凿子，在那块木板上又锯又凿，一块歪七扭八的木板，被他截成了一个课本大小的长方形的小木块，平平整整，光滑得像小孩的屁股蛋。然后，他用一把我们平常削铅笔的小刀，是那种黑色的，长长的，下窄上宽而扁，三分钱就能买一把——开始在木板上面招呼。我凑过去，看见在木板上他已经用铅笔勾勒出了一个人头像，一眼就看清楚了，是鲁迅。

于是，我们都跟鲁迅干上了。每天跟上课一样，我准时准点地来到老傅家，我抄我的鲁迅语录，他刻他的鲁迅头像，各自埋头苦干，马不停蹄。我的鲁迅语录还没有抄完，他的鲁迅头像已经刻完。就见他不知从哪儿找来一小瓶黑漆和一小瓶桐油，先在鲁迅头像上用黑漆刷上一遍，等漆干了之后，用桐油在整个木板上一连刷了好几层。等桐油也干了之后，木板变成了古铜色，围绕着中间的黑色鲁迅头像，一下子神采奕奕，格外明亮，尤其是鲁迅的那一双横眉冷对的眼睛，非常有神。那是那个时代鲁迅的标准像、标准目光。

我夸他手巧，他连说他这是第一次做木刻，属于描红模子。我说头一次就刻成这样，那你就更了不得了！他又说看你整天抄鲁迅，我也不能闲着呀，怎么也得表示一点儿我对鲁迅他老人家的心意是不是？说着，他从衣兜里掏出一张纸递给我，说我还写了首诗，你给瞧瞧！

那是一首七言绝句：

> 肉食自为庙堂器，布衣才是栋梁材。
> 我敬先生丹青意，一笔勾出两灵台。

写得真不错，把对鲁迅横眉冷对和俯首甘为的两种性格的尊重，都写了出来。老傅就是有才，能诗会画，但做木刻，鲁迅头像是他头一回，也是最后一回。自然，这帧鲁迅头像，他很是珍贵，他说做这个太费劲！刀不快，木头又太硬！他把这帧木刻像摆在他家的窗台上，天天和它对视，相看两不厌，彼此欣赏。

一年后的夏天，上山下乡运动开始了，我先去的北大荒，他后去的内蒙。分别在北京火车站上车，一直眼巴巴地等他，也没见他来。火车拉响了汽笛，缓缓驶动了，他怀里抱着个人西瓜向火车拼命跑来。我把身子探出车窗口，使劲向他挥着手，大声招呼着他。他气喘吁吁地跑到我的车窗前，先递给我那个大西瓜，又递给我一个报纸包的纸包，连告别的话都没来得及说一句，火车加快了速度，驶出了月台，老傅的身影越来越小。打开纸包一看，是他刻的那帧鲁迅头像。

一晃，整整五十年过去了。经历了北大荒和北京两地的颠簸，回北京后又先后几次搬家，丢掉了很多东西，但是，这帧鲁迅头像一直存放在我的身边，我一直把它摆在我的书架上。而且，五十年过去了，他写过的很多诗，我写过的很多东西，我都记不起来了，他写的那首纪念鲁迅的诗，我一直记得清清爽爽。毕竟，那是他20岁的青春诗篇，是他20岁也是我20岁对鲁迅的天真却也纯真的青春向往。

等那一束光

老顾是我的中学同学，又一起插队到北大荒，一起当老师回北京，生活和命运轨迹基本相同。不同的是，他喜欢浪迹天涯，喜欢摄影，在北大荒时，他就想有一台照相机，背着它，就像猎人背着猎枪，像没有缰绳和笼头的野马一样到处游逛。攒钱买照相机，成了那时的梦。

如今，照相机早不在话下，专业成套的摄影器材，以及各种户外设备包括衣服鞋子和帐篷，应有尽有。退休之前，又早早买下一辆四轮驱动的越野车，连越野轮胎都已经备好。万事俱备，只欠东风，只要退休令一下，立刻动身去西藏。这是这些年早就盘算好的计划，成了他一个新的梦。

他就是这样一个人，我说他总是活在梦中，而不是现实中，便总事与愿违。现实是，他在单位当第一把手，因为下任总难以到位，过了退休年龄两年了，还不让他退。他不是恋栈的人，这让他非常难受。终于，今年春节过后，让他退休了。这时候，我们北大荒要编一本回忆录，请他写写自己的青春回忆，他婉言拒绝，说他不愿意回头看，只想往前走，他现在要做的事不是怀旧，而是摩拳擦掌准备夏天去西藏。等到夏天，他开着他的越野车，一猛子去了西藏，扬蹄似风，如愿以偿。

终于来到了他梦想中的阿里，看见了古格王朝遗址。这个700年前就消失的王朝，如今只剩下了依山而建的土黄色古堡的断壁残垣，立在那里，无语诉沧桑般，和他对视，仿佛辨认着彼此的前生今世的因缘。

正是黄昏，高原的风有些料峭，古堡背后的雪山模糊不清，主要是天上的云太厚，遮挡住了落日的光芒。凭着他摄影的经验和眼光，如果能有一束光透过云层，打在古堡最上层的那一座倾圮残败的宫殿顶端，在四周一片暗色古堡的映衬下，将会是一帧绝妙的摄影作品。

他禁不住抬起头又望了望，发现那不是宫殿，而是一座寺庙，白色青色和铅灰色云彩下，显得几分幽深莫测，分外神秘。这增加了他的渴望。

他等候云层破开，有一束落日的光照射在寺庙的顶上。可惜，那一束光总是不愿意出现。像等待戈多一样，他站在那里空等了许久。天色渐渐暗下来，他只好开着车离开了，但是，开出了二十多分钟，总觉得那一束光在身后追着他，刺着他，恋人一般不舍他。鬼使神差，他忍不住掉头把车又开了回来。他觉得那一束光应该出现，他不该错过。

果然，那一束光好像故意在和他捉迷藏一样，就在他离开不久时出现了，灿烂地挥洒在整座古堡的上面。他赶回来的时候，云层正在收敛，那一束光像是正在收进潘多拉的瓶口。他大喜过望，赶紧跳下车，端起相机，对准那束光，连拍了两张，等他要拍第三张的时候，那束光肃穆而迅速地消失了，如同舞台上大幕闭合，风停雨住，音乐声戛然而止。

往返整整一万公里，他回到北京，让我看他拍摄的那一束光照射古格城堡寺庙顶上的照片，第二张，那束光不多不少，正好集中打在了寺庙的尖顶上，由于四周已经沉淀一片幽暗，那束光分外灿烂，不是常见的火红色、橘黄色或琥珀色，而是如同藏传佛教经幡里常见的那种金色，像是一束天光在那里明亮的燃烧，又像是一颗心脏在那里温暖地跳跃。

不知怎么，我想起了音乐家海顿，晚年时他听自己创作的清唱剧《创世纪》，听到"天上要有星光"那一段时，他蓦地从座位上站起来，指着上天情不自禁地叫道："光就是从那里来的！"那声音长久地在剧场中回荡，震撼着在场的所有人。在一个越发物化的世界，各种资讯焦虑和欲望膨胀，搅拌得心绪焦灼的现实面前，保持青春时分拥有的一份梦想，和一份相对的神清思澈，如海顿和我的同学老顾一样，还能够看到那一束光，并为此愿意等候那一束光，是幸福的，令人羡慕的。

少年护城河

在我童年住的大院里，我和大华曾经是死对头。原因其实很简单，大华倒霉就倒霉在他是个私生子，他一直跟着他小姑过，他的生母在山西，偶尔会来北京看看他，但谁都没有见过他爸爸，他自己也没见过。这一点，是公开的秘密，全院里的大人孩子都知道。

当时，学校里流行唱一首名字叫《我是一个黑孩子》的歌，其中有这样一句歌词："我是一个黑孩子，我的家在黑非洲"，我给改了词儿："我是一个黑孩子，我的家不知在何处……"，这里黑孩子的"黑"不是黑人的"黑"，而是找不着主儿，即"私生子"的意思，我故意唱给大华听，很快就传开了，全院的孩子见到大华，都齐声唱这句词儿。现在想想，小孩子的是非好恶就是这样的简单，又是这样的偏颇，真的是欺负人家大华。

大华比我高两年级，那时上小学五年级，长得很壮，论打架，我是打不过他的。之所以敢这样有恃无恐地欺负他，是因为他的小姑脾气很烈，管他很严，如果知道他在外面和哪个孩子打架了，不问青红皂白，总是要让他先从他家的胆瓶里取出鸡毛掸子，交给她，然后撅着屁股，结结实实挨一顿揍。

我和大华唯一一次动手打架，是在一天放学之后。因为被老师留下训话，出校门时天已经黑了。从学校到我们大院，要经过一条胡同，胡同里有一块刻着"泰山石敢当"的大石碑。由于胡同里没有路灯，漆黑一片，经过那块石碑的时候，突然从后面蹿出一个人影，饿虎扑食一般，就把我按倒在地上，然后一痛拳头如雨，打得我眼青脸肿，鼻子流出了血。等我从地上爬起来，人影早没有了。但我知道除了大华，不会有别人。

我们两人之间的仇，因为一句歌词，也因为这一场架，算是打上了一个死结。从那以后，我们彼此再也不说话，即使迎面走过，也像不认识一样，擦肩而过。

没有想到，第二年，也就是大华小学毕业升入中学那一年的夏天，我的母亲突然去世了。父亲回老家沧县给我找了个后妈。一下子，全院的形势发生了逆转，原来跟着我一起冲着大华唱"我是一个黑孩子，我的家不知在何处"的孩子们，开始齐刷刷地对我唱起他们新改编的歌谣："小白菜呀，地里黄哟；有个孩子，没有娘哟……"

我发现，唯一没有对我唱这首歌的，竟然是大华。这一发现，让我有些吃惊，想起一年多前我带着一帮孩子，冲着他大唱"我是一个黑孩子，我的家不知在何处"，心里有些愧疚，觉得那时候太不懂事，太对不起他。

　　我很想和他说话，不提过去的事，只是聊聊乒乓球，说说刚刚夺得世界冠军的庄则栋，就好。好几次，碰到一起了，却还是开不了口。再次擦肩而过的时候，我看见他的眉毛往上挑了挑，嘴唇动了动，我猜得出，他也开不了这口。或许只要我们两人谁先开口，一下子就冰释前嫌了。小时候自尊的脸皮，就是那样的薄。

　　一直到我上了中学，和他一所学校，参加了学校的游泳队，一周有两次训练，由于他比我高两年级，老师指派他教我总也学不规范的仰泳动作，我们才第一次开口说话。这一说话，就像开了闸的水，止不住地往下流，从当时的游泳健将穆祥雄，到毛主席畅游长江。过去那点儿事，就像沙子被水冲得无影无踪，我们一下子成了无话不说的好朋友。童年的心思，有时就是这样窄小如韭菜叶，有时又是这样没心没肺，把什么都抛到脑后。只是，我们都小心翼翼的，谁也不去碰过去的往事，谁也不去提私生子或后妈这令人厌烦的词眼儿。

　　大华上高一那年春天，他的小姑突然病故，他的生母从山西赶来，要带着他回山西。那天放学回家，刚看见他的生母，他扭头就跑，一直跑到护城河边。那时，穿过北深沟胡同就到了护城河，很近的道。他的生母，还有大院好多人都跑了过去，却只看见河边上大华的书包和一双白力士鞋，不见他的人影。大家沿河喊他的名字，一直喊到了晚上，也再没有见他的人影。街坊们劝大华的生母，兴许孩子早回家了，你也回去吧。大华的生母回家了，但还是没见大华的人影。大华的生母一下子就哭了起来，大家也都以为大华是投河自尽了。

　　我不信。我知道大华的水性很好，他要是真的想不开，也不会选择投水。夜里，我一个人又跑到护城河边，河水很平静，没有一点儿波纹。我在河边站了很久，突然，我憋足了一口气，双手在嘴边围成一个喇叭，冲着河水大喊了一声：大华！没有任何反应。我又喊了第二声：大华！只有我自己的回声。心里悄悄想，事不过三，我再喊一声，大华，你可一定得出来呀！我第三声大华落了地，依然没有回应，一下子透心凉，我一屁股坐在地上，再也忍不住哇哇地哭了。

就在这时候，河水有了哗哗的响声，一个人影已经游到了河中心，笔直地向我游来。我一眼看出来，是大华！

我知道，我们的友情，从这时候才是真正的开始。一直到现在，只要我们彼此谁有点儿什么事情，不用开口，就像真的有什么心理感应，有仙人指路一样，保证对方会在第一时间出现在面前。别人都会觉得过于神奇，我们两人都相信，这不是什么神奇，是真实的存在。这个真实就是友情。罗曼·罗兰曾经讲过，人的一辈子不会有那么多所谓的朋友，但真正的朋友，一个就足够。

赛什腾的月亮

又到中秋节了，不知道柴达木赛什腾山上的月亮，今年和往年是不是一样的圆？

赛什腾山应该算是昆仑山的余脉，那时候，在青海石油局的冷湖四号老基地，从哪个井队的位置上都可以望到它。望着它，觉得很近，却是望山跑死马，跑到山脚下，至少要花上半天的时间。

那时候，是指 1968 年。这一年，北京的初三学生甘京生和一批北京的中学生来到冷湖，成了一名石油工人。那时候，他还不到 18 岁。就在那一年的中秋节，井队放假，他和几个同学约好，一上午就从四号老基地出发，往那座已经望了大半年的赛什腾山走去。每天都会映入眼帘的赛什腾山，在柴达木明亮得有些刺眼的阳光照射下，有时候会如海市蜃楼一般缥缈，让甘京生对它充满无限想象。甘京生喜欢幻想，或许这是他从小时候就养成的习惯，他喜欢独自一人望着天空或树林或校园里的篮球架遐想联翩。大概和他喜欢读文学的书籍有关，那些书让他常常禁不住心旌摇荡，天马行空。

否则，他不会和同学约好向那座秃山走去。去之前，师傅就对他说过："那山上什么也没有，从来就没有人爬上去过，你去哪儿干啥？"他还是执意去了，累了一身的大汗，走了整整一个上午，下午一点多的时候才走到山脚边，吃了点东西继续爬，下午四点多的时候，终于爬到了山顶。山上除了有些芨芨草和星星点点的黄色的野花，真的什么都没有，都是一些裸露的灰色石头，仿佛月球的表面，显得那样的荒寂。

但是，甘京生很兴奋，他管这些小黄花叫作赛什腾花，就像老一辈石油人找到了石油把山下那一片井架林立的地方命名为冷湖一样。青春年少能够燃烧激情和幻想，让平凡琐碎的日子焕发出光彩。中秋节的天气在柴达木盆地已经冷了，天黑得也早了。爬上山没有多久，天色就渐渐暗了下来，秋风一吹，有些萧瑟沁凉如水的感觉，同学们都说赶紧下山吧，天再黑下来，下山的路就不好找了。他却坚持要等到月亮出来，好不容易来一趟赛什腾山，又赶上中秋节，没看到月亮怎么行？他对同学说。同学只好陪他一起看月亮。

那是甘京生第一次在赛什腾山上看到月亮。那赛什腾的月亮，令他一生难忘。他能说出赛什腾的月亮和北京的月亮有什么不一样吗？他说不清楚，只觉得天远地阔，四周一片荒凉，月亮却和照在北京城里一样，那样浑圆明亮地照在这里没有一点生命气息的石头，和姜姜野草还有他刚刚命名的赛什腾花上。他觉得月亮真的非常伟大，对世界万物无论尊卑贵贱无论远近大小，都是一视同仁的那样平等的亮着。

　　这是第二年我在北京见到甘京生时，他对我说起中秋节爬赛什腾山看月亮时候讲的话。那一年夏天，他回北京探亲，专程来家看我，从青海回京的途中，他一路下车，不停游玩，在洛阳看过龙门石窟，他还在那里买了几本旧书，带回来送我。他的这一举动，让我刮目相看，好不容易有了天数规定好的探亲假，还不早早回家，谁舍得把时间浪费在路上，还惦记逛书店，买几本当时看来无用甚至被视为有害的书？他的浪漫之情，和当时正在热闹闹搞阶级斗争的气氛是多么的不协调。

　　那是我第一次见到他。他和我弟弟是同学，又同在冷湖为石油工人，他是受弟弟之托来看我的。那一天晚上，他住在我家，我们抵足未眠，秉烛夜谈，聊了很多，他说这番话时，像一个文艺青年。如今，文艺青年像一个贬词了，其实，真正成为一个文艺青年，并不容易，他必须具有义艺气质之外，更需要 颗怀抱对生活和对文学一样真正的赤子之心。这不是装出来的，而是一生的追求。

　　甘京生难得，是他并不只是在他18岁那一年心血来潮爬了一次赛什腾山，看了一次中秋节赛什腾的月亮。从那一年开始，每年中秋节他都会爬一次赛什腾山，看一次赛什腾的月亮。20世纪80年代，他调到冷湖石油局中学里当语文老师，兼班主任。他开始带着他班上的学生，每年中秋节爬赛什腾山，看赛什腾的月亮。那些生在柴达木长在柴达木从未出过柴达木的孩子们，从来没有特别注意过中秋节的月亮，更没有爬上赛什腾山看月亮的习惯。甘京生当了他们的老师之后，赛什腾的月亮，成了他们日记和作文中的内容，成了他们学生时代最美好而难忘的回忆。他让这些孩子们看到了虽旷远荒寂却属于柴达木自己独特的美。

甘京生离世已经二十多年了。他是因病去世的，他走得太早。如今，他教过的第一批由他带领爬赛什腾山看月亮的学生，已经40多岁，他们的孩子到了读中学的年龄。不知道还会有哪一位老师，带他们爬赛什腾山看中秋的月亮？

赛什腾的月亮！

辑 二：
阳光的三种用法

　　也许，只有母亲才会这样对待生命。她将
生命不仅仅看成自己的，而是关系着每一个孩
子，她就是这样将她的爱通过生命的方式传
递着。

——《生命不仅属于自己》

肖复兴画作：为母亲拍照

四块玉和三转桥

　　四块玉，是元曲曲牌中的一个名字，也是北京胡同的一个名字。作为一条老胡同，这个名字在明朝就存在。当初，为这条胡同起名字的时候，是不是想起了元曲曲牌"四块玉"，只能是一种揣测和联想了。

　　我对四块玉这条胡同一直充满感情。上个世纪90年代，我的儿子上小学四年级。他在光明小学读书，放学回家，抄近道，就是走西四块玉胡同。那时候，他刚刚学会骑自行车，骑得正来劲儿，特别愿意在这样弯弯曲曲的胡同里骑车，"游龙戏凤"般显示自己的车技。一天下午放学，在西四块玉胡同一个拐弯儿的地方，看见前面走着一位老太太，他的车已经刹不住了，一下子撞上了老太太。老太太倒没有撞倒，手里提着的一个篮子，被撞倒在地上，篮子里装满刚刚买来的鸡蛋，被撞碎了好几个。

　　孩子下了车，知道自己闯下了祸，心里有些害怕，除了一个劲儿地道歉，不知如何是好。老太太一看，是个孩子，把篮子拾起来，没有责怪他，只是对他笑笑，嘱咐他骑车要小心，就挥挥手让他走了。

那一年，孩子11岁。这位老奶奶对他印象和影响至深。以后，对他人需要善意和宽容，让孩子格外在意。以后，每一次走进四块玉胡同，他都会忍不住想起这位老奶奶，而且，不止一次地对我说起这位老奶奶。

三转桥，也是北京的一条老胡同的名字，没有四块玉好听。相传它有一座汉白玉的转角小桥的，但和四块玉无玉一样，它并没有桥。桥和玉，都只是它们的幻想。

三转桥离我读的汇文中学不远。读高三那一年，我才学会骑自行车，比儿子晚了八年。有一天中午，我借同学的自行车骑车回家吃午饭。回学校穿过三转桥的时候，撞上一个小孩，把小孩撞倒在地上。我赶紧下车，扶他起来，倒是没有撞伤，但是，孩子的裤子被车刮开了一个大口子，孩子一下子就哭了起来。我忙哄他，问他家住在哪儿，就在附近不远，我把孩子送回家。一路走，心里沉重得压着块大石头，毕竟把人家孩子撞倒了，把人家孩子的裤子撞破了。家里，只有孩子年轻的妈妈在，我向她说明情况，一再道歉，听凭发落。她看看孩子，对我说："没事，快上你的学去吧，待会儿我用缝纫机把裤子轧轧就好了！"她说得那么轻巧，一下子就把我心里压着的那块石头搬走了。

我和儿子的成长道路上竟然有着这样多的相似。或许，是我们遇到的好人实在太多，让我和儿子都相信这个世界上尽管沙多金子少，但好人还是多于坏人的，善良多于邪恶的，宽容多于刻薄的。

　　我常想，如果当初那位年轻的母亲，不是说了那样轻松的话，就把我放走，而是非要让我赔她孩子的裤子的话，会是一种什么样的结果呢？同样，如果当初那位老奶奶，即便不是讹孩子，像现在有些"碰瓷儿"的老人那样倒在地上，非要他送她到医院，再找上家长赔一笔钱，或者是让他赔鸡蛋，又会是一种什么样的结果呢？

　　对于一个孩子，对这个世界和这个世界上的人与事的认知和理解，也许就会是大不一样了。这个世界上，存在着恶，也存在着善；人和人之间，存在着怀疑，也存在着信任。普通人应该是本能的善多一些，信任多一些，而如今普通人身上的善和信任，却被恶和怀疑挤压如茯苓夹饼里的馅。或许对于我们大人，一切都已经见多不怪，对于一个孩子，这样的凡人小事，却常常是他们进入这个世界的通道，从而见识到人生，以为世界和人生就是这样子的。他遇到这位老奶奶，和我遇到的那位年轻的妈妈，让这个世界充满爱，不再仅仅是一句唱得响亮的歌词，而是如一粒种子，种在了我们的心头。对于我，时间已经是四十九年过去了；对于孩子，时间已经是二十五年过去了；这位老奶奶和这位年轻的妈妈，一直没有让我们忘记。这粒种子发芽生根长叶，至今仍在我们的心中郁郁葱葱。

　　四块玉和三转桥，像古诗里的一副美丽的对仗。

阳光的三种用法

童年住在大院里，都是一些引车卖浆者，生活不大富裕，日子各有各的过法。

冬天，屋子里冷，特别是晚上睡觉的时候，被窝里冰凉如铁，家里那时连个暖水袋都没有。母亲有主意，中午的时候，她把被子抱到院子里，晾到太阳底下。其实，这样的法子很古老，几乎各家都会这样做。有意思的是，母亲把被子从绳子上取下来，抱回屋里，赶紧就把被子叠好，铺成被窝状，留着晚上睡觉时我好钻进去，被子里就是暖呼呼的了，连被套的棉花味道都烤了出来，很香的感觉。母亲对我说："我这是把老阳儿叠起来了。"母亲一直用老家话，把太阳叫老阳儿。

从母亲那里，我总能够听到好多新词儿。把老阳儿叠起来，让我觉得新鲜。太阳也可以如卷尺或纸或布一样，能够折叠自如吗？在母亲那里，可以。阳光便能够从中午最热烈的时候，一直储存到晚上我钻进被窝里，温暖的气息和味道，让我感觉到阳光的另一种形态，如同母亲大手的抚摸，比暖水袋温馨许多。

街坊毕大妈，靠摆烟摊养活一家老小。她家门口有一口半人多高的大水缸。冬天用它来储存大白菜，夏天到来的时候，每天中午，她都要接满一缸自来水，骄阳似火，毒辣辣地照到下午，晒得缸里的水都有些烫手了。水能够溶解糖、溶解盐，水还能够溶解阳光，大概是童年时候我最大的发现了。溶解糖的水变甜，溶解盐的水变咸，溶解了阳光的水变暖，变得犹如母亲温暖的怀抱。

毕大妈的孩子多，黄昏，她家的孩子放学了，毕大妈把孩子们都叫过来，一个个排队洗澡，毕大妈用盆舀的就是缸里的水，正温乎，孩子们连玩带洗，大呼小叫，噼里啪啦的，溅起一盆的水花，个个演出一场哪吒闹海。那时候，各家都没有现在普及的热水器，洗澡一般都是用火烧热水，像毕大妈这样法子洗澡，在我们大院是独一份。母亲对我说："看人家毕大妈，把老阳儿煮在水里面了！"

我得佩服母亲用词儿的准确和生动，一个"煮"字，让太阳成了我们居家过日子必备的一种物件，柴米油盐酱醋茶，这开门七件事之后，还得加上一件，即母亲说的老阳儿。

真的，谁家都离不开柴米油盐酱醋茶，但是，谁家又离得开老阳儿呢？虽说如同清风朗月不用一文钱一样，老阳儿也不用花一分钱，对所有人都大方而且一视同仁，而柴米油盐酱醋茶却样样都得花买才行。但是，如母亲和毕大妈这样将阳光派上如此用法的人家，也不多。它们需要一点智慧和温暖的心，更需要在艰苦日子里磨炼出的一点儿本事，这叫作少花钱能办事，不花钱也能办事，阳光才能够成为居家过日子的一把好手，陪伴着母亲和毕大妈一起，让那些庸常而艰辛的琐碎日子变得有滋有味。

对于阳光，大人有大人的用法，我们小孩子也有小孩子的用法。我家的邻居唐家是个工程师，他家有个孩子，比我大两岁，很聪明，就是喜欢招猫逗狗，总爱别出心裁玩花活儿。有一次，他拿出他爸爸用的一个放大镜，招呼我过去看。放大镜我在学校里看见过，不知他拿它玩什么新花样。我走了过去，他在放大镜底下放一张白纸，用放大镜对着太阳，不一会儿，纸一点点变热、变焦，最后居然烧着了起来，腾地蹿起了火苗，旋风一般把整张白纸烧成灰烬。

又有一次，他拿着放大镜，撅着屁股，蹲在地上，对准一只蚂蚁，追着蚂蚁跑，一直等到太阳透过放大镜把那只蚂蚁照晕，爬不动，最后烧死为止。母亲看见了这一幕，回家对我说："老唐家这孩子心这么狠，小蚂蚁招他惹他了，这不是拿老阳儿当成火了吗？你以后少和他玩！"

有一部电影叫作《女人比男人更凶残》。有时候，小孩比大人更心狠，小孩子家并不是时时都那么天真可爱。

生命不仅属于自己

母亲已经去世二十几年了，怪得很，还是在梦中常常见到，而且是那样清晰，母亲一如既往地绽开着皱纹纵横的笑容向我说着什么。一个人与一个人的生命就是这样系住一起，并不因为生命的结束而终止。

母亲晚年曾经得过一场幻听式的精神分裂症的大病，折腾得她和我都不轻。记得那一年母亲终于大病初愈了，那时，我刚刚大学毕业留在学校里教书。好几年一直躺在病床上，母亲消瘦了许多，体力明显不支，但总算可以不再吃药了，我和母亲都舒了一口气。记不得是从哪一天的清早开始，我忽然被外屋的动静弄醒，忽然有些害怕。因为母亲以前得的是幻听式的精神分裂症，常常就是这样在半夜和清晨时突然醒来跳下床，我真是生怕她的旧病复发，一颗心禁不住一下子提到嗓子眼儿。我悄悄地爬起来往外看，只见母亲穿好了衣服，站在地上甩胳臂伸腿弯腰的，有规律地反复地动作着，那动作有些笨拙和呆滞，却很认真，看得出，显然是她自己编出来的早操，只管自己去练就是，根本不管也没有想到会被有人看见。我的心里一下子静了下来，母亲知道练身体了，这是好事，再老的人对生命也有着本能的向往。

大概母亲后来发现了她每早的锻炼吵醒了我的懒觉，便到外面的院子里去练她自己杜撰的那一套早操，她的胳臂腿比以前有劲多了，饭量也好多了，蓬乱的头发也梳理得整齐得多了。正是冬天，清晨的天气很冷，我对母亲说："妈，您就在屋子里练吧，不碍事的，我睡觉死。"母亲却说："外面的空气好。"

也许到这时我也没能明白母亲坚持每早的锻炼是为了什么，以为仅仅是为了她自己大病痊愈后生命的延续。后来，有一次我开玩笑说她："妈，您可真行，这么冷，天天都能坚持！"她说："咳，练练吧，我身子骨硬朗点儿，省得以后给你们添累赘。"这话说得我的心头一沉，我才知母亲所做的一切是为了孩子，她把生命的意义看得是这样的直接和明了。

在以后的很多日子里，我常常想起母亲的这话，和她每天清早锻炼身体的情景，便常感动不已。一直到母亲去世的那一天，她都是没有给孩子添一点累赘。母亲是无疾而终，临终的那一天，她如同预先感知即将到来的一切似的，将自己的衣服包括袜子和手绢都洗得干干净净，整齐地叠放在柜门里。她连一件脏衣服都没有给孩子留下来。

也许，只有母亲才会这样对待生命。她将生命不仅仅看成自己的，而是关系着每一个孩子，她就是这样将她的爱通过生命的方式传递着。

我们常说一个人和一个人感情是可以相通的，其实，一个人和一个人的生命更是可以相连的。

面 包 房

　　那时，我的孩子小，还没有上小学。晚上，我有时会带着他到长安街玩，顺便去买面包或蛋糕。长安街靠近大北窑路北，有家面包房，不大，做的法式面包和黑森林蛋糕非常的好吃。关键是，一到晚上七点之后，所有的面包和蛋糕，包括气鼓、苹果派、核桃派，品种很多的甜点，一律打五折出售，价钱便宜了整整一半。当我和孩子发现了这个秘密后，这家面包房便成了我们常常光顾之地，对于馋嘴的孩子，这里如同游戏厅一样更充满诱惑。

　　那时，售货员常常只剩下了一个人值班，坚守到把面包和蛋糕都卖出去。这是一个年轻姑娘，顶多二十三四岁的样子，有点儿胖，但圆圆脸膛，大眼睛，还是挺漂亮的。每次去，几乎都能够碰见她，孩子总要冲她阿姨阿姨叫个不停，我要买这个！我要买那个！静静的面包房，因为我们的闯入，一下子热闹起来。她站在柜台里，听孩子小鸟闹林一般地叫唤不停，静静望着孩子，目光随着孩子一起在跳跃。

渐渐的，彼此都熟了。我们进门后，她会笑盈盈地对我们说："今天来得巧了，你们爱吃的黑森林还有一个没卖出去，等着你们呢！"或者，她会惋惜地对我们说："黑森林卖没了，这个巧克力慕斯也不错，要不，你们可以尝尝这个绿茶蛋糕，是新品种。"一般，我们都会听从她的建议，总能尝新，味道确实很不错。花一半的钱，买双倍的蛋糕或面包，物超所值，还有这样一个和蔼可亲又年轻漂亮的阿姨，孩子更愿意到那里去。

有时候，我们来得早了点儿，她会用漂亮的兰花指指指墙上的挂钟，对我们说："时间还没到呢！"屋子不大，这时候客人很少，有时根本没有，她就让我们在仅有的一对咖啡座上坐一会儿，严守时间。等到挂钟的时针指向七点的时候，她会冲我们叫一声："时间到了！"孩子会像听到发号令一样，先一步蹿上去，跑到柜台前，指着他早就瞄准好的蛋糕和面包，对她说要这个！她总是笑吟吟地看着孩子，听着孩子麻雀一样叽叽喳喳地叫个不停，然后用夹子把蛋糕和面包夹进精美的盒子里，用红丝带系好，在最上面打一个蝴蝶结，递在我们的手里，道声再见后，望着我们走出面包房。有一次，她有些羡慕地对我说："这孩子多可爱呀，有个孩子真好！"

面包房伴孩子度过了童年，在孩子小学三年级的时候，那一年的暑假，我们去面包房几次，都没有见到她。新的售货员一样很热情，买好蛋糕和面包，走出面包房，孩子悄悄地问我："怎么那个阿姨不在了呢？会不会下岗了呀？"那时，他们班上好几个同学的家长下岗，阴影覆盖在同学之间，孩子不无担心。面包房里这个好心漂亮的阿姨，是看着他长大的呀。

　　下一次来买面包的时候，我问新的售货员原来总值晚班的那个胖乎乎的售货员哪儿去了，怎么好长时间没见了？新售货员告诉我：她呀，生孩子，在家休产假呢！不是下岗，孩子放心了。那天，多买了一个全麦的面包，里面夹着好多核桃仁，嚼起来，很香。

　　等我再见到她，大半年过去了，孩子已经升入四年级，一个学期都快要结束了。我对她说听说你生小孩了，祝贺你呀！她指着我的孩子说：这才多长时间没见，您看您这孩子长这么高了！什么时候，我那孩子也能长这么大呀！我开玩笑地对她说："你可千万别惦记着孩子长大，孩子真的长大，你就老喽！"她嘿嘿地笑了起来说："那也希望孩子早点儿长大！"

　　时光如流，一转眼，我的孩子到了高考的时候，功课忙，很少有时间再和我一起去面包房，偶尔去一趟，仿佛是特意陪我一样。特别是考入大学，交了女朋友之后，晚上要去的地方很多，比如，图书馆、咖啡馆、电影院、旱冰场、大卖场等等，面包房已经如飞快的列车驰过掠在后面的一棵树，属于过去的风景了。只有我常常晚上不由自主地转到长安街，拐进面包房。

　　这期间，面包房搬了一次家，从东边往西移了一下，不远，也就几百米的样子，门口装潢一新，还有霓虹灯闪耀。里面稍微大了一些，但还是很局促，不变的是，值晚班的还常常是这个胖乎乎的姑娘，不过，我是总这样叫她姑娘，其实，她已经变成了一位中年妇女了。没变的，是蛋糕和面包的味道，还保持的原有的水平，只是价钱悄悄地涨了几次。

　　有一天，我去面包房，见我又只是一个人，她替我装好蛋糕和面包，问我：您的孩子怎么好长时间没跟您一起来了？我告诉她孩子上大学了。她点点头，然后笑着对我说："等再娶了媳妇就忘了爹娘，更不会跟您一起来了呢！"我也跟着一起笑了起来。回家见到孩子后，我把她的话告诉给孩子听，孩子一下子很感动，对我说：您说咱们不过只是到她那里买打折的面包和蛋糕，这么长时间了，她还能记得我，这阿姨真的不错！我也这样认为，世上人来来往往，多如过江之鲫，莫说是萍水相逢了，就是相交很长时间的老朋友，有的都已经淡忘，如烟散去，何况一个面包房和你毫无关系的姑娘！

星期天，孩子专门陪我一起去了一趟面包房，一进门叫声阿姨，她抬头一望，禁不住说道：都长这么高了！又说你要的黑森林今天没有了。孩子说没关系，买别的。然后，两个人一个挑蛋糕和面包，一个往盒子里装蛋糕和面包，谁都没再说什么，但他们彼此望着，很熟悉，很亲近，那一瞬间，仿佛一家人。那种感觉，是我来面包房那么多次，从来没有过的。

有时候，我会奇怪地问自己：一个人，一辈子要走的地方很多，去的场所很多，一个小小的面包房，不过是你生活中偶然的邂逅相遇，为什么会让你涌出了这样亲近、亲切又温馨的感觉？其实，哪怕是一棵树，和你相识熟了，也会有这样的感觉的，何况是人，因为熟悉了，又是彼此看着长大，在岁月的年轮里，融入了成长的感情，所买和所卖的面包和蛋糕里便也就融入了感情，比巧克力奶油慕斯或计司的味道更浓郁。

孩子大学毕业就去了美国留学，孩子走后，我很少去面包房。倒不是家里缺少了一只馋嘴的猫，少了去面包房的冲动，更主要的是自己也懒了，老猫一样猫在家里，不愿意走动，其实就是老了的征兆。那天，如果不是老妻要过本命年的生日，我还想不起面包房。生日的前一天，我对老妻说：我去面包房买个蛋糕吧！才想起来，孩子去美国几年，就已经有几年没有去过面包房了，日子过得这么快，一晃，七年竟然如水而逝。

那天的晚上，北京城难得下起了雪，雪花纷纷扬扬的，把长安街装点得分外妖娆。老远就能看见面包房门前的霓虹灯在雪花中闪闪烁烁眨着眼睛，走近一看，才发现门脸新装修了一番，门东侧的一面墙打开，成了一面宽敞明亮的落地窗。走进去一看，今天难得的热闹，竟然有三个漂亮年轻的女售货员挤在柜台前，蒜瓣一样紧紧地围着一个二十来岁的姑娘，叽叽喳喳说得正欢。扫了一眼，没有找到我熟悉的那个胖平平的售货员。因为去的时间早，还有十来分钟到七点，我坐在一旁，边等边听她们说话。听明白了，这个姑娘和我一样，也是等七点钟买打折蛋糕的。还听明白了，是给她的妈妈买生日蛋糕的。又听明白了，她的妈妈就是面包房里那三位女售货员的同事，她们其中的两位是从面包房后面的车间特意跑出来，聚在一起，正在帮姑娘参谋，让她买蛋糕之后再买几个面包，并对小姑娘说：你妈妈在这里工作了这么多年，都是值晚班卖打折的面包和蛋糕，自己还从来没买过一回呢！你得多买点儿！

七点钟到了，我走到柜台前，玻璃柜里只有一个黑森林蛋糕，一位售货员对我说："对不起，这个蛋糕已经有主儿了！"她指指身边的姑娘。我说那当然！然后，我对姑娘说："你妈妈我认识！"姑娘睁大一双大眼睛，奇怪地问我："您认识我妈？"我肯定地说："当然!"小姑娘更加奇怪地问:"您怎么认识的?"我笑着对她说:"回家问问你妈妈就知道了!"就说一个常常带着一个孩子来这里买蛋糕和面包的叔叔,祝她生日快乐!她还是有些疑惑,也是,几十年的岁月是一点点流淌成的一条河,怎么可以一下子聚集在一杯水里,让她看得清爽呢?我再次肯定地对她说:"你回家和你妈妈一说,你妈妈就会知道的!"

姑娘买好蛋糕和面包,走出面包房,身影消失在风雪之中,我转身问那三个售货员:她的妈妈是不是你们面包房里那个胖乎乎的售货员?她们都惊讶地点头,问我:您是她以前的老师吧?我笑而不答。她们告诉我她今年刚刚退休。这回轮到我惊讶了:这么早?她才多大呀!她们接着说:我们这里50岁退休。竟然50岁了!就像她看着我的孩子长大一样,我看着她的青春在面包房里老去,生命的轮回在我们彼此的身上,面包房就是见证。

机场的拥抱

　　在南京机场候机回北京，来得很早，时间充裕，坐在候机大厅无所事事，看人来人往。到底是南京，比北京要暖，离立夏还有多日，姑娘们都已经迫不及待地穿上短裙和凉鞋了。坐在我对面的女人，看年纪有三十多了，也像个小姑娘一样，穿着一件齐膝短裙，在和节气、也和年龄赛跑。

　　来了一对年老的夫妇，坐在我的身边的空座位上。听他们一口纯正的北京话，就知道是老北京人。他们说话的声音有些大，显然是丈夫的耳朵有些背了，年龄不饶人。但看他们的年龄，其实也就七十上下，并不太大。听他们讲话，是在苏州无锡镇江转了一圈，从南京乘飞机回北京。

　　忽然，我发现他们的声音变得小了下来。这样小的声音，妻子听得见，丈夫却听不清楚了。但是，妻子依然压低了嗓音在说话，只不过嘴巴尽量贴在了丈夫的耳边。我隐隐约约听见的话，是"真像！"

"太像了！"他们反复说了几遍，不尽的感叹都在里面了。

声音可以压低，像把皮球压进水底，目光却把心思泄露出来。顺着这对老夫妇的目光，我发现目光如鸟一样，双双都落在对面坐的这个女人的身上。

我才仔细地看了看这个女人，发现她的黑色短裙和天蓝色长袖体恤，还有脚上的一双白色耐克运动鞋，很搭。还有她的清汤挂面的齐耳短发，也很搭。当然，和她清秀的身材更搭。很像一位运动员。刚才只看到她的短裙，其实，短裙并不适合所有的女人。在她的身上，短裙却画龙点睛，让一双长腿格外秀美。

很像，这个女人很像谁呢？心里便猜，大概是像这对老夫妇的女儿吧？天底下，能够遇到很相像的一对人的概率，并不高。刚看完电视剧《酷爸俏妈》，都说里面的演员高露长得极像高圆圆。这个女人，一定让这对老夫妇想起了自己的什么亲人。否则，他们不会这样悄悄地议论，声音很低，却有些动情。能够让人动情的，不是自己的亲人，又会是谁呢？

我看见，妻子忽然掩嘴"扑哧"一笑，丈夫跟着也笑了起来。我猜想，笑肯定和对面这个女人有关，只是并没有惊动这个女人，她依然翘着秀美的腿，在看手机，嘴角弯弯的也在笑，但她的笑和这对老夫妇无关，大概是手机上的微信或朋友圈有了什么好玩的段子或信息。

要不你去跟她说一下？你去说吧，我一个老头子，怪不好意思的……我听见老夫妇的对话，看着妻子站起身来，回过头冲着丈夫说了句：什么事都是让我冲锋在前头！便走到对面的女人的身前，说了句："姑娘，打搅你一下！"那女人放下手机，很礼貌地立刻站起来，问道："阿姨，您有什么事吗？""是这样的，你长得特别像我们的女儿。"说着，妻子打开自己的手机给这个女人看，大概是找到自己的女儿的照片，这个女人禁不住叫了起来："实在是太像了！怎么能这样像呢！"我忍不住看了一眼身边的这位丈夫，一直笑吟吟地望着这女人。

"我们想和你照张合影，不知道可以不可以？"妻子客气地说，"太可以了！待会儿我还得请您把您女儿的照片发我手机上呢！"

丈夫站了起来，走到这个女人的身边，妻子冲我说道："麻烦你帮我们照张相！"说着，把手机递在我的手中。我没有看到手机上的照片，不知道他们的女儿和他们身边的这个女人到底有多像，但从他们的交谈中知道女儿十多年前去美国留学，毕业后留在美国工作，工作忙，孩子又刚读小学离不开人，已经有五年没有回家了。思念，让身边的这个女人像女儿的指数平添了分值。

照完了相，我把手机递给妻子的时候，听见丈夫对这个女人说了句：孩子，我能抱你一下吗？女人伸出双臂紧紧地拥抱住了他。我看见，他的眼角淌出了泪花。我没有想到的是，那一刻，这个女人也流下了眼泪。

风中的字

我家街对面是潘家园市场，年三十这一天，较往常的人满为患虽然清静了不少，但依然有市声喧嚣，就连便道上都有人摆摊，不过，卖的大都是过年的窗花、对联，也有一些自己书写的书法作品。到黄昏的时候，这些零星的小摊早都收拾好家伙什回家过年了。只有一个人在寒风中坚持着。

这是一个中年人，听口音是河北沧县人，沧县是我的老家，一听就能听得出来，便感到有些亲切。我在马路这边就看见了他，穿着一件枣红色的羽绒服，在便道隔离的栏杆前，他正在弯腰收拾地上摆着的东西。长长一溜儿的便道上，只剩下他一个人，显得格外醒目。在街这边看，他的身前是一座绿色的报刊零售亭，早已经挂上了门板，但绿色的亭子，和他身后白色的栏杆，街树的枯枝，市场灰色的外墙，颜色艳丽的广告牌，这些静物把他组合在一起，构成了一幅画。如果作为新年画，怪有意思的。

我过了马路，除了地上还摊着两幅书法，他已经收拾好的东西，正准备要走。我匆匆瞥了一眼地上的两幅字，一幅隶书，一幅行草，尺幅都不小，没来得及仔细看，只是客气地和他打过招呼，知道卖的都是自己写的书法作品。问了句今天卖的行情可好？他摇摇头说今儿不行，一幅没卖出去。又问这么晚了回沧县过年吗？他说在北京租有房子，全家今年都在这儿过年了。然后，彼此拜了个早年就分手了。寒风中，看见他的身影，显得有些孤独和凄清，怎么都感觉像是巴金《寒夜》里的人物。

办完事，我原路返回，天已经彻底黑了下来，路灯早亮了，倒悬的莲花一般，盛开在寂静的街道旁。路过报刊零售亭的时候，忽然看见门板上贴着两幅书法，在街灯的映照下，白纸黑字，非常打眼。看出来了，是刚才那个中年男人摊在地上的那两幅字，一幅隶书，一幅行草。仔细一看，隶书是四个横写的大字：龙马精神。行草是四句诗：箫鼓追随春社近，衣冠简朴古风存，从今若许闲乘月，莫笑农家腊酒浑。禁不住莞尔一笑，字虽然写得一般，但觉得有点儿意思。两幅字都和春节相关呢，一幅为马年祝福而写，一幅为春天到来而写。后一幅，是放翁诗的改写，改得风趣有神，有点儿功夫，并非等闲之辈。

这位老兄，一天没有卖出去一幅字，却索性把这两幅字留了下来，贴在报亭上，留给人观赏，也留于风抚摸，和即将燃放的鞭炮的欢庆。这是他心情的宣泄，也是他拜年的特殊方式，是个不错的创意。既然清风朗月不用一文钱买，那么，白纸黑字也可以无需一文钱卖，和大自然交融，一起过年迎春，是一种别样的境界呢。到潘家园来卖字画的人，多如过江之鲫，如他这样有如此创意的人，我还真没有见过。

　　只是担心，不知道这两幅字能否熬过大年夜，明天一早，人们出门到各家拜年的时候还能否看得到？走过马路，禁不住回头又望了望，寒风吹过，邮亭上的那两幅字在猎猎地抖动。

青木瓜之味

　　大约是四年前初春的一个星期天下午，我去邮局发信。邮局离我家不远，过了马路，走两三分钟就到。就在要到邮局的时候，一个年轻的女子和我擦肩而过。忽然，她停住脚步，回头看了我一眼。那一眼的眼神很亲切，也有些意外的惊奇，仿佛认出了一个熟人而与之邂逅相逢。那眼神闹得我以为真的碰见了什么认识的人，便也禁不住停住脚步，看了她一眼：年龄不大，也就二十出头，模样清爽，中等身材，瘦削削的。看她的装扮，初春时节还穿着一件臃肿的棉衣，就猜得出是一个外地人，大概是打工妹。我仔细地想了想，从来没有见过这么个人，她肯定是认错了人。于是，我笑笑自己的自作多情，向邮局走去。

　　我走了没几步，她从后面跑了过来，跑到我的面前，这让我很吃惊，不知碰见了什么人。只听见她用南方那种绵软的声音仔细而小心翼翼地问我："你是不是肖复兴老师？"我越发地惊讶，她居然叫出了我的名字，木讷在那里，近乎机械地点了点头。

她一下子显得很兴奋，接着说："刚才你迎面向我走来，我看着你就像。我读中学的时候就看过你写的书，你和书上的照片很像。真没有想到怎么这么的巧，今天在这里遇见了你！"

原来是一位读者，大概她这番热情的话，很能够满足我的虚荣心，尤其是听她说她喜欢我写的一些东西，特别是说她读中学的时候读我写的东西对有她帮助，一直忘不了……我就像小学生爱听表扬似的，立刻有些发晕，找不着了北，站在街头和她聊了起来，一任身边车水马龙喧嚣。

从她那话语中，我渐渐地听明白了，从小在南方农村长大，中学毕业，她没有考上大学，家里生活困难，就跟着乡亲来到了北京打工，住的地方离我家不算太远，要走半个小时左右，今天星期天休息，她是刚刚到邮局给家里寄钱，并发了一封平安家信。虽是萍水相逢，只是些家常话，却让我感到她像是在掏心窝子，一下子竟有些感动，没有想到只是写了一些平常的东西，能够让心拉近，距离缩短，心里想这也应该是如今看似没什么用处的文学的一点特殊功能吧。于是，我进一步犯晕，沿着斜坡继续顺溜儿地下滑，不知对她的热情如何回报似的，竟然指着马路对面我家住的楼对她说："我家就住在那里，你有空，欢迎你到我家做客。"说着把地址写给了她。她高兴地说："太好了，我一定去！"

回到家后，我就把这件意外相逢的事情当作喜帖子，向家里的人讲了，不想立刻遭到全家一盆冷水浇头，纷纷说我："你以为你遇到了知遇知心呢？别是个骗子吧？""可不是，现在骗子可多着呢，你可别忘了狐狸说几句赞扬的话，是为了骗乌鸦嘴里的肉。"什么？你还把咱家的地址告诉了人家？你傻不傻呀？你就等着人家上门找到你头上来骗你吧！""要真是找上门来，骗几个钱倒没什么，可别出别的事！"……

一下子，说得我发蒙。一再回忆街头和那个年轻女子的相遇和交谈，不像是个狐狸似的骗子呀，再说，她肯定是读过我写的书，要不也说不出书名，并且能够对照着书上的照片认出我来呀。但家里的人说得也没有错，谁也不会把骗子两个字写在脑门上，高明的骗子现在越来越多，防不胜防。这么一想，心里连连后悔，而且不禁有些发虚，嘲笑自己如此可笑，禁不住两碗迷魂汤一灌，就如此轻信上当，真是百无一用是书生。一连多天，都有些提心吊胆，怕房门真的被敲响，开门一看，是这个年轻的女子登门拜访，后果不可收拾，不堪设想。

好在一连好多天过去了，都平安无事。

时间一长，这件事情渐渐淡忘了。偶尔提起，被家人当作笑话嘲笑我一番。我心里想，即使不是骗子，也只是街头的一次巧遇或萍水相逢，别再犯傻了，被人家两句过年话一说就信以为真。即使人家不骗你，没准还怕你骗人家呢。

将近一年过去了，春节过后，我们全家从天津孩子的姥姥家过完年回家，刚上电梯，开电梯的老太太对我说："你先等我一会儿，前两天有人来找你，你没在家，把带来的东西放在我这里了。"开电梯的老太太是个热心人，住在楼里的人要是不在家，来人送的信件报纸或其他的东西，都放在她这里。她家就住在楼下，不一会儿，就拿来一包用废报纸包着的东西。回家打开包一看，是两个青青的木瓜。木瓜的旁边有一张小纸条，上面写着两行小字，大概意思是你还记得吗，我就是那天在邮局前和你相遇的人，我一直想来看你，但工作太忙了，一直没有时间。我过年回家带给你两个木瓜，是我家自己种的，只是一点心意。祝你写出更多更好的作品！下面没有写下她的名字，只是写着：一个你的读者。

全家都愣在那里，谁都说不出一句话来。

我永远也不会忘记这个年轻而真诚的女子，不会忘记这件事情，不会忘记这两个木瓜。总记得切开木瓜时候的样子，别看皮那样的青，里面却是红红的，格外鲜艳，特别是那独有的清香味道，在房间里飘曳着，好多天没有散去。

喝得很慢的土豆汤

那天下午两点多，我和妻子路过北大，因为还没有吃午饭，忽然想起儿子曾经特意带我们去过的一家朝鲜小馆，就在附近，离北大的西门不远，一拐弯儿就到，便进了这家朝鲜小馆。

大概由于早过了饭点儿，小馆里没有一个客人，空荡荡的，只有风扇寂寞呼呼地吹着。一个服务员，是个胖乎乎的小姑娘走了过来，把我们领到靠窗的风扇前让座坐下，说这里凉快，然后递过菜谱问我们吃点儿什么。我想起上次儿子带我们来，点了一个土豆汤，非常好吃，很浓的汤，却很润滑细腻，微辣中有一种特殊的清香味儿，湿润的艾草似的撩人胃口。不过已经过去了两个多月的时间，我忘记是用鸡块炖的了，还是用牛肉炖的，便对妻子嘀咕："你还记得吗？"妻子也忘记了。儿子在北大读书的时候，常常和同学到这家小馆里吃饭。由于是 24 小时营业，价格和朝鲜风味又都特别对他们的口味，非常受他们的欢迎，对这里的菜当然比我们要熟悉。大学毕业，儿子去美国读研，放假回来和同学聚会，总还要跑到这里，点他们最爱吃的菜。可惜，儿子假期已满，又回美国接着读书去了，天远地远，没法子问他了。

没有想到，小姑娘这时对我们说道："上次你们是不是和你们的儿子一起来的，就坐在里面那个位子？"她说着一口比赵本山还浓郁的东北话，用胖乎乎的小手指了指里面靠墙的位子。

我和妻子都惊住了。她居然记得这样清楚，那时，我们和儿子确实就坐在那里。

我更没有想到的是，她接着用一种很肯定的口吻对我们说："那次你们要的是鸡块炖土豆汤。"

这样的肯定，让我心里相信了她，不过，开玩笑地对她说："你就这么肯定？"

她笑了："没错，你们要的就是鸡块炖土豆汤。"

我也笑了："那就要鸡块炖土豆汤。"

她望望我和妻子，像考试成绩不错得到了赞扬似的，高声向后厨报着菜名："鸡块炖土豆汤！"高兴地风摆柳枝走去。

刚才和小姑娘的对话，让我和妻子在那一瞬间都想起了儿子。思念，变得一下子那么近，近得可触可摸，就在只隔几排座位的那个位子上，走过去，一伸手，就能够抓到。两个多月前，儿子要离开我们回美国读书的时候，特意带我们到这家小馆，让我们尝尝他和他的同学的青春滋味。那一次，他特别向我们推荐了这个鸡块炖土豆汤，他说他和他们同学都特别爱喝，每次来都点这个土豆汤，让我们一定要尝尝。因为儿子临行前的时间安排得很满，我和妻子知道，那一次，也是他和我们的告别宴。所以，那一次的土豆汤，我们喝得格外慢，边聊边喝，临行密密缝一般，彼此嘱咐着，诉说着没完没了的话，一直从中午喝到了黄昏，一锅汤让服务员续了几次汤，又热了几次。许多的味道，浓浓的，都搅拌在那土豆汤里了。

　　不过，事情已经过去了两个多月，我都忘记了到底喝的什么土豆汤了，这个胖乎乎的小姑娘居然还能够如此清楚地记得我们喝的是鸡块炖土豆汤，而且记得我们坐的具体位置，真让我有些奇怪。小馆24小时营业，一直热闹非常，来来往往那么多的客人，点的那么多不同品种的菜和汤，她怎么就能够一下子记住了我们，而且准确无误地判断出那就是我们的儿子，同时记住了我们要的是什么样的土豆汤？这确实让我好奇，百思不解。

　　汤上来了，鸡块炖土豆汤，浓浓的，热气缭绕，清香味扑鼻，抿了一小口，两个多月前的味道和情景立刻又回到了眼前，熟悉而亲切，仿佛儿子就坐在面前。

　　"是吧，是这个土豆汤吧？"小姑娘望着我，笑着问我。

　　"是，就是这个汤。"

　　然后，我问小姑娘："你怎么记得我们当初要的是这个汤？"

　　她笑笑望望我和妻子，没有说话，转身走去。

　　那一天下午的土豆汤，我们喝得很慢。

　　结完账，临走的时候，小姑娘早早地等候在门口，为我们撩起珠子串起的门帘，向我们道了声再见。我心里的谜团没有解开，刚才一边喝着汤一边还在琢磨，小姑娘怎么就能够那么清楚地记得我们和儿子那次到这里来吃饭坐的位置和要的土豆汤？总觉得一定是有原因的。那么，是什么原因呢？是因为那一次我们的土豆汤喝得太慢，麻烦让她来回热了好几次的缘故，让她记住了？还是因为来这家小馆的大多是附近年轻的大学生，一下子出现我们这样大年纪的客人，显得格外扎眼？我不大甘心，出门前再一次问她："小姑娘，你是怎么就能记住我们要的是鸡块炖土豆汤的呢？"

她还是那样抿着嘴微微地笑着，没有回答。

我只好夸奖她："你真是好记性！"

一路上，我和妻子都一直嘀咕着这个小姑娘和对于我们有些奇怪的土豆汤。星期天，和儿子通电话时，我对他讲起了这件事，他也非常好奇，一个劲儿直问我："这太有意思了，你没问问她到底是怎么回事吗？"我告诉他："我问了，小姑娘光是笑，不回答我为什么呀。"

被人记住，总是一件让人高兴的事，不过，对于我们一家三口，这确实是一个谜。也许，人生本来就有许多解不开的谜，让生活充满着迷离的想象，让人和人之间有着神奇的交流，让庸常的日子有了温馨的念想和悬念。

又过去了好几个月，树叶都渐渐地黄了，天也渐渐地冷了。那天下午，还是两点多钟，我去中关村办事，那家小馆，那个小姑娘，和那锅鸡块炖土豆汤，立刻又从沉睡中苏醒过来似的，闯进我的心头。离着不远，干吗不去那里再喝一喝鸡块炖土豆汤？便一拐弯儿，又进了那家小馆。

因为不是饭点儿，小馆里依然很清静，不过，里面已经有了客人，一男一女正面对面坐着吃饭，蒸腾的热气弥漫着他们的头顶。见我进门，一个小伙子迎上前来，让我坐下，递给我菜谱。我正奇怪，服务员怎么换成男的，那个小姑娘哪里去了？扭头看见了那一对面对面坐在那里吃饭的人中的那个女的，就是那个胖乎乎的小姑娘，对面坐着的是一个年龄大约四五十岁的男人，看那模样长得和小姑娘很像，不用说，一定是她的父亲。她也看见了我，向我笑笑，算是打了招呼。

我要的还是鸡块炖土豆汤。因为炖汤要有一些时间，我走过去和小姑娘聊天，看见他们父女俩要的也是鸡块炖土豆汤。我笑了，她也笑了，那笑中含有的意思，只有我们两人明白，她的父亲看着有些蹊跷。

我问："这位是你父亲？"

她点点头，有些兴奋地说："刚刚从我老家来。我都和我爸爸好几年没有见了。"

"想你爸爸了！"

她笑了，她的父亲也很憨厚地笑着，望望我，又望望女儿。

难得的父女相见，我能想象得出，一定是女儿跑到北京打工好几年了，终于有了父女见面的机会，是难得的。我不想打搅他们，走回自己的座位，要了一瓶啤酒，静静地等我的土豆汤。我的心里充满着感动，我忽然明白了，这个小姑娘当初为什么一下子就记住了我们和儿子，记住了我们要的土豆汤。人同此情，情同此理，没有比亲人之间分别的思念和相逢的欢欣，更能够让人感动和难忘的了。亲情，在那一刻流淌着，洇湿了所有的时间和空间的距离。

土豆汤上来了，抬头一看，我没有想到，是小姑娘为我端上来的。我还没有责怪她怎么不陪父亲，她已经看出了我的意思，先对我说："我们店里的人手少，老板让我和我爸爸一起吃饭，已经是很不错了。"和上次她像个扎嘴的葫芦大不一样，小姑娘的话明显多了起来。说罢，她转身走去，走到他父亲旁边，从袅娜的背影，也能看出她的快乐。

那一个下午，我的土豆汤喝得很慢。我看见，小姑娘和她的爸爸那一锅土豆汤喝得也很慢。

上一碗米饭的时间

入冬后北京最冷的那天晚上，我在一家小饭馆里。家里的人都出了远门，没有饭辙儿，要不我是不会在这么冷的天跑出来到这里吃晚饭的。正是饭点儿，小饭馆里顾客盈门，只剩下靠门口的一张桌子空着，虽然只要一开门，冷风就会乘机呼呼而入，别无选择，我只好坐在了那儿。

服务员是位模样儿俊俏的小个子姑娘，拿着个小本子，笑吟吟地站在我的面前，一口外地口音问我：您吃点儿什么？我要了三两茴香馅的饺子和一盆西红柿牛腩锅仔。很快，饺子和锅仔都上来了，热气腾腾地扑面撩人，呼啸寒风，便都挡在窗外了。

埋头吃得热乎乎的，觉得忽然有一股冷风吹来，抬头一看，一位老头已经走到我的桌前，也是别无选择地坐了下来。在我的对面坐下来之后，大概看见我正在望着他，老头冲我笑了笑，那笑有些僵硬，不大自然。也许，是为自己一身油渍麻花的破棉袄感到有些羞涩，和这一饭馆里衣着光鲜的红男绿女对应得不大谐调。我看不出他有多大年纪，或许还没有我大，只是胡子拉碴的显得有些苍老。我猜想他可能是位农民工，或者刚刚来到北京找活儿的外乡人。

他坐在那里，半天也没见服务员过来，便没话找话地和我搭话，指指饺子，问我饺子怎么卖？我告诉他一两3块钱吧。他立刻应了声：这么贵！这时候，那个小个子姑娘拿着小本子走了过来，走到老头的身边，问道：你吃什么？老头望了望她，多少有点儿犹豫，最后说：我要一碗米饭。姑娘弯下头在小本子上记下来，又抬起头问：还要什么？老头说：就一碗米饭！姑娘有些奇怪：不再要点儿什么菜？老头这回毫不犹豫地说：一碗米饭就够了。然后补充句，要不麻烦你再给我倒碗开水！姑娘不耐烦了，一转身冲我眉毛一挑，撇了撇嘴，风摆柳枝般走了。

过了好长时间，也没见姑娘把一碗米饭上来，更不要说那一碗开水了。很多饭馆都会这样，不会把只要一碗米饭的顾客放在心上，更何况是一个衣衫褴褛的老头，在他们眼里几乎是乞丐一样呢。姑娘来回走了几次，大概早忘了这一碗米饭。

我悄悄地望了一眼对面的老头，看得出来，老头有些心急，也有些尴尬，又不知道如何是好，如坐针毡。如果有钱，谁会只要一碗白米饭呢？但如果不是真的饿了，谁又会非得进来忍受白眼和冷漠而只要一碗白米饭呢？

我很想把盘子里的饺子让给老头先垫补一下，但把剩下小半盘的饺子给人家吃，总显得不那么礼貌，有些居高临下，就像电影《青春之歌》里的余永泽打发要饭的似的。那锅仔我还没有动，可以先让他喝几口，但一想饭还没吃，先让人家喝汤，恐怕也不合适，而且也容易被老头拒绝。

因此，当姑娘又向这边走来的时候，我远远地冲她招招手，她走了过来，老头看见了她，张着嘴动了动，一定是想问她：我那一碗米饭呢？为了避免尴尬，我先把话抢了过来，对她说："姑娘，你给我上碗米饭！"话音刚落，怕她同样嫌弃我也只要一碗米饭，便又加了句："再来三两饺子。"姑娘在小本子上记了下来，转身走了。我冲着她的背影喊了句："快点儿呀！"她头没有回，扬扬手中的小本说道："行哩！"

老头望了望姑娘走去的背影，又望了望我，什么话没有说，似乎是想看看，同样一碗米饭，到底谁的先上来。一下子，让我忽然感觉偌大的饭馆里，仿佛主角只剩下了老头、姑娘和我三个人，三个人彼此的心思颠簸着，纠结着，一时无语却有着不少的潜台词。

我望了望老头，也没有说话。我是想等这一碗米饭和三两饺子上来，一起给老头，谁家都有老人，谁都有老的时候，谁都有饿的时候，谁都有钱紧甚至是一分钱让尿憋死的时候。

老头垂下头，不再看我。我埋下头来，吃那小半盘的剩饺子，也不敢再望他，我不知道此刻他在想什么，但生怕我的目光总落在他的身上会让他觉得尴尬。有时候，只能让人感慨生活现实的冷漠，比窗外的寒风还要厉害，人与人之间的隔膜，如今是越来越深了，并不是一碗米饭几两饺子就能够化解的。

　　很快，也就是那小半盘剩饺子快要吃完的工夫，只听姑娘一声喊：您的米饭和饺子来了，便把一碗米饭和三两热腾腾的饺子端在我的桌子上，同时也把老头的那一碗米饭端在桌上。可是，抬头的时候，我和姑娘都发现，对面的老头已经不在了。

　　其实，只是上一碗米饭的时间。

超　重

那天上午在机场送人，飞往法兰克福、伦敦、罗马和巴黎的航班，密集的雨点似的挤在一起。大概正赶上暑假结束，大学开学在即，到处可以看到推着装有大行李箱的推车的学生们，送行的父母特别多。候机厅里，家庭的气息一下子很浓，像是客厅，相似的面孔不停在眼前晃动。

不时有孩子进了里面去办理登机手续，家长只能够站在候机厅里等，儿行千里母担忧，他们都伸长了脖子，把望眼欲穿的心情付与人头攒动的前方。不时便又看见有孩子匆匆地从里面走了出来，给家长一个渴望中的喜悦。不过，我发现，匆匆出来的孩子大多并不是为了和送行的父母再一次告别，也很少见到有依依不舍的场面，那样的场面，似乎只留给了情人之间的拥抱和牵手。

站在我身边的是一位面容姣好的中年妇女，凉鞋露出的脚趾涂着鲜艳的豆蔻色，这样风韵犹存的女人，在我们的电视剧里一般还要在男人怀里撒娇呢。现在，她像是只温顺的猫，眼神有些茫然。不一会儿，我看见一个大小伙子推着行李车，气冲冲地向她走来，没好气地对她嚷嚷道："都是你，让我带，带！都超重啦！"只听见她问："超了多少？"语气小心，好像过错都在自己这个小媳妇。"十公斤！"只有儿子对母亲才会这样的肆无忌惮。听口音，是南方人。

于是，我看见母亲开始弯腰蹲了下来，把捆箱子的行李带解开，打开箱子。那是一大一小赭黄色的两个名牌箱。儿子也蹲下来，和母亲一起翻箱里面东西，首先翻出的是两袋洗衣粉，儿子气哼哼地嘟囔着："这也带！"然后又翻出一袋糖，儿子又气哼哼地嘟囔一句："这也带！"接着把好几铁盒的茶叶都翻了出来："什么都带！"母亲什么话都没说，看儿子天女散花似的把好多东西都翻了出来，面前像是摆起了地摊。最后，儿子把许多衣服和一个枕头也扔了出来，紧接着下手往箱底伸了，只听见母亲叫了声："被子呀，你也不带了！"

我有些看不过去，走了两步，冲那个一直气哼哼嘴噘得能挂个瓶子的儿子说："十公斤差不多了，你东西都不带，到了那儿怎么办？"儿子不再扔东西了，母亲站了起来，一脸忧郁，本来化得很好的妆，因出汗而坍塌显出些许的斑纹。"先去试试再说。"我接着对那个儿子说，他开始收拾箱子，母亲则把茶叶都从铁盒里掏出来，又塞进箱里。儿子推着行李车走了，我问那位母亲孩子去那里，她告诉我去英国读书。她脚下的那些东西都散落着，稀泥似的摊了一地。

这时，我身旁另一则，又有一个女孩推着车走到她的父母身边，几乎和那个男孩一样气哼哼的表情，把车使劲一推，推倒她父亲的脚前，说了句："严重超重！"父亲和刚才这位母亲一样，立刻蹲下身子，替女儿打开行李箱，我一看，箱子里几乎全是吃的东西，而且全是麻辣的食品，不用说，来自四川。左翻翻，右翻翻，父亲权衡着取出什么好，女儿站在那里，用手扇着风，摸着脸上的汗，说着："这都是我想带的呀！"这让父亲为难了，到是母亲在旁边发话了："把那些腊肠都拿出来吧，那玩意占分量。"父亲拿出了好几袋腊肠，又拿出好几管牙膏、一大罐营养品和几件棉衣，再盖箱子的时候，鼓囊囊的箱子撒了气的气球似的，瘪下去一大块。女儿风摆柳枝地推着车走了，我悄悄地问她母亲她是去哪儿，说是去法国读书。

　　独生子女的一代，理所当然地觉得可以把一切不满和埋怨都发泄给父母。养儿方知父母恩，他们还没到明白父母心的年龄。他们可以埋怨父母的娇惯和期待超重，却永远不该埋怨父母对自己的情感超重。

两 角 钱

那天下午，我去邮局寄信，人很多，大多是在附近工地干活的民工。才想到是他们发工资的日子，在往远在千里之外的家里寄钱。

我寄了一摞子信件，最后算邮费，掏光了衣袋里所有的零钱，还差两角钱。我只好掏出一张一百元的票子，请柜台里的邮局小姐找。她没有伸手接，望了望我，面色不大好看。为了两角钱要找一百元的零头，这确实够麻烦的，难怪小姐不大乐意。

我下意识弯腰又翻裤兜的时候，和一个男孩子的目光相撞。十四五岁的样子，一身尘土仆仆的工装，不用说，也是工地上的民工，跟着大人们一起来寄钱。他就站在我旁边的柜台的角上，个头才到我的肩膀，瘦小得像个豆芽菜。我发现他的眼光里流露着犹豫的眼神，抿着嘴，冲我似笑未笑的样子，有些怪怪的。而他的一只手揣在裤袋里，活塞一样来回动了几下，似掏未掏的样子，好像那里藏着刺猬一样什么扎手的东西，更让我感到奇怪。

没有，裤袋也翻遍了，确实找不出两角钱。我只好把那张一百元的票子又递了上去，小姐还是没有接，说了句：你再找找，就才两角钱还没有呀。可我确实没有啊，我有些气，和那位小姐差点没吵起来。

这时候，我的衣角被轻轻地被拉了一下，回头一看，是那个小民工，我看见他的手从裤袋里掏了出来，手心里攥着两角钱：我这里有两角钱。说完这句外乡口音很重的话，他羞涩地脸红了。原来刚才他一直是在想帮助我，只是有些犹豫，是怕我拒绝，还是怕两角钱有些太不值得？我接过钱，有些皱巴巴的，还带有他手心的温热，虽然只是两角钱，也是他的血汗钱。我谢谢了他。他微微地一笑，只是脸更有些发红了。真是一个可爱的孩子。

接过两角钱，小姐的脸上早现了笑容。邮戳在信件上欢快地响了起来。

寄完信，我去附近的超市买东西，破开了那一百元的票子，有了足够的零钱。我又回到邮局里，不过，那时已是落日的黄昏，不知那个孩子还在不在？我想如果那个孩子还在，应该把钱还给他。

他还真的在那里，还站在柜台的角上，那些民工们还没有汇完钱，他是在等着大人们一起回去。我向他走了过去，他看见了我，冲我笑了笑，因为有了那两角钱，我们成了熟人，他的笑容让我感到一种天真的亲切，很干净透明的那种感觉。

走到他的身边，我打消了还那两角钱的念头。我不知道这样做对不对，但看到他那样的笑，总觉得他是在为自己作了一件帮助人的好事，才会这样的开心。能够帮助人，而且是举手之劳的事情（但我们对好多举手之劳的事情都熟视无睹而不愿意伸出手来），尤其是那个帮助看起来比自己大许多的大人，心里总会产生一种美好的感觉吧。我当时就这样想，干吗要打破孩子这样美好的感觉呢？一句谢谢，比归还两角钱，也许，更重要吧？我轻轻地抚摸了一下他的头，问了句：还没走呀？然后，我再次郑重地向他说了声：谢谢你啊！他的脸上再次绽放出笑容。

以后，我多次去过那家邮局，再也没有见到那个孩子，但我怎么也忘不了他。他让我时时提醒自己，面对一些举手之劳的事情，能够伸出手来去帮助他人，一定要伸出手来。不过，我有时总会想，没有还给孩子那两角钱，这样做到底对不对？

流动的盛宴

　　流动的盛宴，是一群北京年轻的白领为他们的读书会起的名字。雨果曾经说过，书籍是食粮，思想就是吃。可以再加上一句：读也是吃。读书，当然也就可以是盛宴了。

　　这个星期天，他们的活动是读德国作家本哈德·施林克的《朗读者》。很幸运，一帮年轻人愿意带一个老头儿玩，邀请我参加这次的活动。地点是他们精心选择的，在德国大使馆对面的一家德国餐厅，说既然小说是德国人写的，又是写德国人的，便吃一顿德国餐吧。去的时候是中午，一楼坐着德国人，正在喝啤酒，他们把二楼的餐厅包了，将餐桌并在一起，成了一个长方形的大桌，十九个年轻人围坐一起，像开会一样。温煦的阳光透过东西朝向的窗户撒进来，屋里很温暖。

　　德国人的西餐做得比较粗糙，黑啤酒的味道很淡。不过，读书的气氛很浓。我见过一些年轻人组织的其他的活动，比如旅行的驴友会、摄影的蜂鸟会，还从来没有见过这样一群年轻人为读书聚在一起。一个春天里多么美好的星期天呀，不少年轻人更愿意到户外玩或到商厦逛逛，还有多少人愿意捧着一本书苦读呀。我开玩笑地对他们说：我年轻的那个时代，年轻人搞对象约会的时候都要拿一本小说作为联络暗号，现在文学早就"舅舅不疼姥姥不爱"了，尽管你们今天的读书带有小布尔乔亚时尚的色彩，但你们又让我想起以前的那个时代。他们都善意地笑了。流年暗换之中，人生有代谢，往来成古今。

人手一册《朗读者》，一男一女先用德文和中文朗读了书中的片断，仪式感很强，很庄重。然后，大家和我交流各自的感想。没有想到他们读得那样的仔细，那样的认真，提出的问题很专业，也很深邃。比如，他们问15岁米夏和比自己大19岁的汉娜之间是真正的爱情吗？为什么汉娜可以不惜以坐牢为代价也要守住自己文盲的秘密？如果是我们，我们会这样做吗？为什么当汉娜知晓了米夏帮助自己的秘密之后，反倒出现了的拐点：一向整洁的她变得邋遢了，身上也多了难闻的气味？为什么汉娜最后选择了自杀？是出于情节上的安排，还是真实的必要？……一个个的问题，水浪相击，飞溅如玉，湿润而清新。一个被历史隔开的两代人的朗读与倾听、诉说与沉默、罪恶与遗忘、逃避与短兵相接、激情与蓦然惊醒的故事，让他们读得多么条分缕析，生动感人。常听说在商业时代文学已死的言论，看看眼前的这些年轻人，暗自庆幸文学邂逅了这样一群人，实在是彼此的缘分。好的文学如好的女人一样，是埋没不了的，是会值得人爱的。

他们还比较了电影和小说各自的得失，温斯莱特和费因斯，与汉娜和米夏之间的长短，特别说道电影里缺少了小说在监狱的床头前贴着的汉娜千方百计找到的米夏大学毕业照，给他们带来的遗憾和不满足。他们还比较了小说前后两个译本的差别，说一个实，一个雅，一个玻璃杯盛满水，一个玻璃杯雕刻着花，非常客观，非常直爽，没有常见的文人新书讨论会的虚张声势和一锅糊涂没有豆的过年话。他们告诉我和两位译者都联系过，想请他们来参加这次的读书会，可惜一位在上海，年事已高，一位刚刚做完手术还休息在床。我心里暗想，如果他们能来，听听年轻人真诚而认真的评价，该是多么的难得。

　　最后，他们还送我专门买来的一个精致而厚重的笔记本，说送您的礼物总得和读书相关才行。没错，读书和笔记本，正如英雄宝剑、壮士烈马一样，是读书人最好的礼物了。我得拿它好好学习，天天向上，好好地写我的读书笔记。

公交车试验

那天等公交车，站台上，我前面站着两个姑娘，看装束模样，像打工妹。寒风中，车好久没有来，两人跺着脚，东扯葫芦西扯瓢地聊了起来。聊得挺带劲儿，时不时忍不住咯咯笑。听她们的言谈话语，才知道已经不是姑娘了，都刚结婚不久，嘴里的"老公，老公"跟蹦豆儿似的，叫得亲得很。

其中一个系着红头巾的女人，对带着黑白相间毛线帽的女人说起自己和老公的一次吵架，说得兴味盎然。我听得真真儿的，前些天，她和老公吵架，一气之下，跑出了家门，一走走了老远，走到天快黑了，想起回家，坐上公交车，才发现自己穿的连衣裙没有一个兜，自然没带一分钱。她对戴毛线帽的女人说："你知道我和我老公结婚后租的房子挺偏的，得倒两回车，没钱买票，心想这可怎么办？我就对售票员说我忘了带钱，你让我坐车吧。人家还就真的没跟我要钱。倒下一趟车时候，我又说我忘了带钱，你让我坐车吧，人家又没跟我要钱。我都到家了，我老公还在外面瞎找我呢，等他回来天都黑了，他进门看我在家里，问我是不是打车回来的？我笑他，没带一分钱，还打车呢？"

说着，两个女人都像得了喜帖子似的笑了起来。售票员的善意，让小夫妻之间不愉快的吵架也变得有了滋味。

毛线帽对红头巾说："北京公交车售票员小丫头片子的眼睛长得都比眉毛高，没刁难你，让你白坐车，算是让你碰上了！"

红头巾对毛线帽说："要不待会儿来车了，你也试试？你就说没带钱，看看是不是和我一样，也能碰上好人？"

毛线帽拨浪鼓似的连连摆头："我可不敢，让人家连卷带损地数落一顿，别找那不自在！"

红头巾却一个劲儿地怂恿，边说边推了一把毛线帽："没事，你试验一次嘛！"

毛线帽回推了一把红头巾："要试你试！"

红头巾撇撇嘴："胆子这么小，我试就我试，给你看看！"

正说着，公交车已经进站，停在她们的前面，车门吱的一声开了。两人脚跟着脚地上了车。车上的人不算多，有个空座位，两人让给了我，好像故意让我坐下来好好看她们接下来的表演。

红头巾走到售票员的前面，毛线帽拽着吊环扶手没动窝，眼瞅着她怎么张开口。售票员是位四十多岁的大嫂，眼睛一直盯着向自己走过来的红头巾，以为是来买票的，没有想到红头巾说："阿姨，我忘了带钱了，您看看能不能让我坐车呀？"售票员面无表情，抬起手，一根细长的食指毫不客气地指指后面的毛线帽说："你没带钱，她也没带钱怎么着?"

得,今天遇到的售票员不是个善茬儿,试验刚开始,就卡壳了。幸亏红头巾反应快,回过头也指了指毛线帽说:"我们不是一起的。"毛线帽只好配合着赶紧点头又摆手。谁知售票员久经沧海,眼睛里不揉沙子,对她们两人说:"行啦,进站时候我早看见了,你们俩推推搡搡连打带闹的,还说不是一起的!"

像一只气球,还没飞起来,就被一针无情地扎破,满怀信心想试验一把,让夏天那个美好的回忆重现,没想到演砸了。红头巾一下子尴尬起来,瘪茄子似的耷拉着头,不知如何是好。售票员步步紧逼,嘴里不停地说:"快着吧,麻利儿的赶紧掏钱买票,一块钱一张票都舍不得花?"说得满车厢的人的目光都落在红头巾的身上,毛线帽赶紧走上前去,掏钱替红头巾买了票。红头巾才像沉底的鱼又浮上水面缓过了神儿,对售票员解释:"阿姨,不是我不想买票,我是想试验一下,看看……"售票员撕下票塞在她的手里打断她:"行啦,试验什么呀?像你这样逃票的,我见得多了!"

我心里在想,售票员应该把红头巾的话听完,就明白了红头巾坚持试验的一点小小的愿望,兴许就是另一种结局。但也说不好,即使知道了红头巾试验的愿望,没准照样还是这种结局。如今很多事情,结尾常南辕而北辙,美好芬芳的愿望如旷世的童话,早已经被现实磨烂得成了一双臭袜子被随手丢弃。

车开了两站,我到了,车门打开,刚下车,发现那两个女人也下了车,落荒而逃似的从我身旁跑走,只是一边跑一边咯咯地笑。

孤单的雪人

北京今年一冬天没有雪，开春了，却一连下了三场雪，纷纷扬扬的，还挺大，仿佛憋足了气，赶来赴什么约会，有什么最后的晚餐似的，过来这村就没这个店的感觉。

下最大的那场春雪的那天上午，我刚出楼门口，看见楼前的空地上一个四五岁的小男孩，拿着一个玩具小铁锹铲雪在堆雪人，他的身旁是两位老人，爷爷奶奶，或者姥姥姥爷，帮助他一起堆。不过，那雪人堆得很小，两老一小，总也堆不起来太多的雪。我对他们喊了句："滚雪球呀！那样多快！"可老太太对我说："不知今年的雪怎么了，不怎么成个儿，雪球滚不起来！"也是，今年的雪松散得很，有人说是春雪的缘故，也有人说是人工降雪的缘故。

正说着话，孩子的父母从楼了里出来了，爸爸脖子上挎着一台单反相机，一看就是尼康D700，妈妈手里拿着一根胡萝卜和一张画报纸叠的帽子，是准备给雪人的装束。然后，就看见妈妈边给雪人插鼻子戴帽子边喊着：快来，宝贝儿，照张相！就看见几个大人开始摆弄孩子，孩子站在、蹲在在雪人的身前身后，伸着小手，歪着脑袋，笑着摆着各种姿势，和显得有些瘦弱得营养不良的雪人合影。不用说，在妈妈爸爸的带领下，孩子常照相，已经是老手，习惯的姿势，轻车熟路，久经沧海。

我心想，堆雪人真的是经典的儿童游戏，时代再怎么变，游戏的内容和方式再怎么变，堆雪人如同经年不化的琥珀，是大自然送给孩子们一款最老也是最好的礼物了。不过，想想，我小时候，堆雪人之前，总要滚一个好大的雪球，孩子们用冻成胡萝卜一样的小手滚雪球，呼叫着，边把攒起来的雪球瞅不冷子打别的孩子或塞进脖领子里找乐，边滚雪球，闹成一团，把雪人越滚越大的时候，最为快乐。如今却是难以把雪球再滚起来了，孩子的乐趣也少了好多。就好像做鱼少腌制的那一道程序，鱼还是那条鱼，做出来却不怎么入味。

回头看时，看到那孩子噼里啪啦一通照，已经照完了，一家四口大人正领着孩子回家走呢。心里更想，雪人还是雪人，堆的过程简化了，堆完后玩的过程也简化了，最后就成了照相，雪人只是一个陪衬。

走不远，看到一个小姑娘，大约也就3岁的样子，她的身旁一个小小的雪人已经堆好了。同样，一对父母正在给她拍照，几乎和那个小男孩子一样，也摆着各种熟练的姿势，大多相同，是那种歪着脑袋小手伸出两根手指，做出V字型的样子。数码相机的普及，可怜的雪人的功能，就剩下了一种，孩子照相时候的一个道具或背景，就像儿童照相馆里那些一样。留念，比玩本身重要了。

　　还想，这个女孩和那个男孩，各堆各的雪人，各照各的相，两条平行线一样，很难交叉。也许都是独生子女的缘故吧，又各住各的楼，即使住同一栋楼，各家防盗大铁门一关，老死不相往来，雪人跟着他们一起孤单起来。想起我小时候，大院的孩子从各家的窗户玻璃里就看见有人在堆雪人了，呼叫着跑出屋，香仨臭俩的，天天上房揭瓦疯玩在一起，拉都拉不开，不凑在一起都不行。忽然明白了，这也是那时候的雪人大的一个原因吧。

　　中午回来时候，雪已经停了，毕竟是春天，再大的雪化得也快。走进小区，看见那两个孤单的小雪人，已经如巧克力一样黑乎乎的坍塌一地。我想起曾经看过的一部叫作《雪孩子》的动画片，那里的雪人充满想象，变化无穷，或者说陪伴孩子们时间那样长久，发生过那样多美好的故事。当然，那是个童话。如今的雪人，还属于孩子，却难有属于孩子的童话了。

为母亲拍照

节假日里，公园里常会人满为患，很多游人拥挤在亭前阁中，水中山上，花丛树荫里拍照。如今，智能手机普及，自拍架也普及，到处更可看到自拍的人，摆出各种姿势，抖动各种围巾，亮出各种服装，拍得很嗨！当然，大多是兴致勃勃的年轻人，不服岁月的中年人，老年人腿脚不利索了，精神气儿差了，便很少见到了。

但是，也不能说没有，自娱自乐的，和儿孙一起游园的老人，也有一些。不过，我说的不是这样老而弥坚的人，而是那些年老力衰需要人搀扶，甚至是坐在轮椅上需要人帮助来推的老人。特别是孩子不仅陪伴他们来游园，还特意为他们拍照的，就更少。遇见这样的为老人拍照的年轻人，我总会不由自主地站下来，向他们投以赞赏的目光。

为自己年迈的母亲父亲拍照，和为自己的孩子拍照，或为自己的情人拍照，是两种完全不同的意思，镜头里出现的人物，是两种完全不同的景象。纵使再怎么说"霜叶红于二月花"，霜叶毕竟不是二月花，纵使真的是花，也是此花开罢再无花了。人生季节的流逝，是生命的流逝，在这样的流逝中，做孩子的心总会情不自禁地有所偏移向自己如花似玉的孩子一边，而有意无意地将已经是霜叶凋零的老人冷落在一旁。特别是节假日里出门去远方旅游的年轻人，更容易把已经腿脚不利索的父母撇在家中。这是一种孩子也是父母都心安理得的选择，谁也不会责怪。

今年国庆节期间，赶上中秋节在内，双节之中，公园里花多，游人更多。在天坛公园通往祈年殿的甬道两旁，摆上了一盆盆三角梅，硕大的花树，紫色的三角梅盛开，迎风摇曳，像是一群紫蝴蝶飞舞。站在花丛中拍照的游人很多，我看见一位满头银发的老太太站在花丛中，一只手颤巍巍地伸出来扶着花枝，由于个子比较矮小，三角梅几乎遮住了她的脸，一头银发在紫色的花朵中更加醒目。

我停下脚步，看着老太太的对面站着一个胖胖的中年女人端着手机，正准备为她拍照，站在他们两人之间有一个中年男人正望着老太太笑着说：妈，您笑一个！老太太抿着没牙的嘴唇笑了，笑得不大自然，因为她发现我一个外人在望着她。我对那个男人说了句："你给他们娘俩一起照张相多好呀，留个多好的纪念！"那男人拿着手机开始拍照，老太太笑了，两个手机几乎同时按动了。紫色的三角梅在午后的阳光下那样的明艳照眼。

老太太从花丛走了过来，像是对我说，又像是自言自语：都八十老几了，老眉喀嚓眼的，还照什么相呀！我对她说："照得挺好的，看您多精神呀，哪像八十多岁的人呀！"身边那一对她的孩子都笑了。一问，才知道他们是陕西人，趁着国庆节放假，特意带着母亲到北京来玩的。女人对我说："我妈上一次来北京还是她年轻的时候呢！"

我的心里真的是充满感动。老人总爱说年纪大了还照哪门子相呀，但是，如果你真的要给他们拍照了，他们的心里其实还是挺受用的。他们倒不是为了看自己照片上的面容，而是享受孩子为他们拍照的过程。在我的想象中，这和孩子为他们买了件新衣服，帮他们穿在身上，或者是买了新上市的荔枝橘子或栗子，替他们剥开皮，喂进他们的嘴里，是一样的感觉。

我母亲年老之后，腿脚不利索了，住在楼房里，很少下楼。那一年，我家对面新修了一座公园，国庆节正式开放，我和我的刚刚读小学的儿子搀扶着她下楼，到那个公园里看看。我让她站在那一盆盆正在盛开的菊花前，说给她照张相，她也是这样说：人老了，还照哪门子相呀！但是，她还是很高兴地站在菊花前面，照之前还特意用手拢了拢头发。那是母亲留给我最后的几张照片。

在公园里，我格外注意那些为母亲拍照的人。每一次看到这样为母亲拍照的人，我的心里总是很感动。我很想对他们说，我现在已经没有机会为母亲拍照了，你们多么的幸福，你们要格外地珍惜！

火车的敬礼

——拟答2012年高考北京作文题

四十多年前，我在北大荒插队，常在县城边的福利屯火车站坐车。那时，到佳木斯只有这一班火车，无论回京探亲，还是去哈尔滨办事，必要坐这一班车到佳木斯倒车。车开出一个来小时，车头总要响起一阵响亮的汽笛。起初，我没怎么在意，以为前面有路口或是会车而必须鸣笛。后来，我发现并没有任何情况，列车在一马平川的原野上奔驰。为什么总是在这时候鸣笛？

有一次，我把这个疑问抛给了正给我验票的一个女列车员。她一听就笑了，反问我："你刚才没看见外面的一片白桦林吗？"我看见了，白桦林前还有一泓透明的湖泊。难道就是为了这个而鸣笛？年轻的女列车员点头说："就为了这个，我们的司机师傅就喜欢这片白桦林。"

下一次，经过这片白桦林时，透过车窗，我特意看了一下，发现是很漂亮的风景，白桦林的倒影映在湖水中，拉长了影子，更加亭亭玉立。火车经过这里不过半分多钟，一闪而过，以前没怎么仔细看。车头正响起响亮的汽笛，缭绕的白烟拂过，在那个落日熔金的黄昏，定格为一幅如列维坦一样的油画。在那个美被摧残的年代，这位我从未见过面的司机师傅还保存这样一颗善感的心，让我很难忘怀。

看到今年高考北京的作文题，题中所给的材料，说一位巡道员，为了保障火车行车的安全，一人每天要在深山里走二十多里，每逢火车经过时他都要向火车举手敬礼，火车也要回敬他，拉响了汽笛。我便立刻想起了四十多年的往事，想起那为同样拉响汽笛的司机师傅。不同的是，一个是为了一位坚守岗位的巡道员，一位是为了一片白桦林。

其实，无论巡道员，还是白桦林，都是平凡的生命，常常被我们错过，或者忽略掉。错过、忽略掉的原因，当然是飞驰的火车经过他们的时候，都只是一闪而过，让我们有时候来不及看就与之擦肩而过。但是，更多的时候，是我们自己的眼睛，不是近视得只关注自己，就是远视得只看见虚幻的未来，便常常对这样的平凡的生命熟视无睹。我们便看不到平凡中那一层难得的美。火车司机看见了，拉响了汽笛，那是司机的敬礼，也是火车的敬礼。敬礼，不仅有了画面，也有了音乐一般的回声。

辑 三：
胡萝卜花之王

　　人的一生，如果真的有什么事情叫作无愧无悔的话，在我看来，就是你的童年有游戏的欢乐，你的青春有漂泊的经历，你的老年有难忘的回忆。

——《年轻时去远方漂泊》

肖复兴画作：唱胡萝卜花之王的男孩

胡萝卜花之王

一年前，我就见过这个男孩。那时，他总是在布鲁明顿市中心的农贸市场里唱歌。这个农贸市场每周六日上午开放，附近农场的人来卖菜卖花卖水果，很多城里人愿意到这里来买些新鲜的农产品。他总是选择周六的上午站在市场的一角，抱着把吉他唱歌。

那时，他总是唱鲍伯·迪伦的歌，每一次见到他，他都是在唱鲍伯·迪伦的歌，他对鲍伯·迪伦情有独钟。只是，那年轻俊朗像是大学生的面孔，光滑如水磨石，阳光透过树的枝叶洒在上面，柔和得犹如被一双温柔的手抚摸过的丝绸，没有鲍伯·迪伦的沧桑，尽管他的嗓音有些沙哑，并不像一般年轻人的那样明亮。心里暗想，或许他喜爱鲍伯·迪伦，但他真的并不适合唱鲍伯·迪伦的歌。他应该唱那种爱情或民谣小调。如果他爱唱老歌，保罗·西蒙都会比鲍伯·迪伦合适。

　　不过，听惯了国内各种好声音比赛中歌手那种声嘶力竭或故作深情的演唱，他更像是自我应答的吟唱，心很放松、很舒展，如啼红密诉，剪绿深情的喃喃自语。他不做高山瀑布拼死一搏的飞流宣泄状，而是溪水一般汩汩流淌，湿润脚下的青草地，也湿润着梦想中的远方。他的歌声让我难忘。

　　今天，他再次出现在我的面前，依然站在布鲁明顿的农贸市场上，站在夏日灿烂阳光透射的斑斓绿荫中。和去年一样，他穿着牛仔裤和一件蓝色的圆领体恤，脚下还是穿着高筒磨砂牛仔靴，好像只要到了这个季节他家里家外一身皮，只有这一套装备。他的脚下，还是那把琴匣，仰面朝天地翻开着，里面已经有了人们丢下的纸币和硬币。那一刻，真的以为时光可以停滞在人生的某一刻，定格在永远的回忆之中，歌声和吉他声，只是为那一刻伴奏。

　　但是，琴匣边的另一个细节，立刻告诉我逝者如斯，一年的时光已经过去了，人生可以有场景的重合，也可以有故人的重逢，却都已经物是人非。那是一叠 CD 唱片，我蹲下来看，上面有醒目的名字"Blue Cut"。他已经出唱片了，每张 5 美金。站起身，禁不住仔细端详他，发现他比去年胖了不少。想起去年还曾经画过他的一张速写，把他的人画矮了些，他人长得挺高的，去年像一个瘦骆驼，今年已经壮得如一匹高头大马。

　　有意思的是，他不只是抱着那把吉他，脖颈上还挂着一个铁丝托，上面安放着一把口琴，成了他的吉他的新伙伴，里应外合，此起彼伏。而且，今年他唱的不是鲍伯·迪伦，而是美国组合"中性牛奶

旅店"的歌。这支乐队上个世纪90年代中期成立，然后解散，去年
又重新复出，颇受美国年轻人欢迎，他们的音乐浅吟低唱、迷惘沉
郁，洋溢着民谣风，歌词更是充满幻想和想象力，处处是象征和隐
喻。更有意思的是，站在他前面不远处，有一个和他一样年轻的姑
娘，身穿一袭藕荷色的连衣裙，一直笑吟吟地望着他唱歌，那目光深
情又如熟知的鸟一般，总是在我们几个听众和他之间跳跃，无形中透
露出她的秘密，我猜想她一定是这个小伙子的恋人。我想起这支"中
性牛奶旅店"曾经唱过的歌："我们把秘密藏在不知道的地方，那个
曾经爱过的人你不知道她的名字。"在去年他可能不知道她的名字，
今年，他知道了。他的歌声便比有些忧郁的"中性牛奶旅店"多了一
些明快。

　　一年过去了，总会有很多故事发生。禁不住想起罗大佑的歌：流
水它带走了光阴的故事，改变了一个人。不仅是光阴改变了一个人，
歌声也改变了一个人，一个人也可以改变自己的歌声。他从鲍伯·迪
伦变成了"中性牛奶旅店"，一下子从上个世纪的五六十年代，飞越
到新世纪。

　　我们点了一首歌，请他唱，还是"中性牛奶旅店"的歌：《胡萝
卜花之王》。他换下脖颈上挂着的口琴，弯腰向身边的一个袋子，我
看见里面装的都是大小不一的口琴。是他的"武器库"，除了吉他，
他的装备多了起来。他换了一把小一点儿的口琴，开始为我们演唱
《胡萝卜花之王》。这是一首关于爱情和成长的歌，青春永恒的主
题。在口琴和吉他声中，头一段歌词像在显影液中轻轻地洇出来：

"年轻时你是一个胡萝卜花之王，那时你在树间筑起一座塔，身边缠着神圣的响尾蛇……"嗓音还是以前那样有些沙哑，却显得柔和了许多，像是有一股水流淌过了干涸的沙地，让沙地不仅绽开胡萝卜花，也绽开星星点点的其他野花，还有他的那座神秘的塔和那条神圣的响尾蛇。

我往琴匣里放上5美金，买了一盘他的"Blue Cut"。他和那个身穿藕荷色连衣裙的姑娘一起对我说了声谢谢。告别时问他是不是印第安纳大学的学生。他点点头说是印第安纳大学音乐学院的学生。我问他学的什么专业，他说是古典音乐，然后不好意思地笑了。身边的姑娘也笑了起来。这没什么，古典音乐不妨碍流行音乐，以前"地下丝绒"乐队的鲁·里德和约翰·凯尔也是学古典音乐的。

回家的路上，听他的这盘"Blue Cut"。由于是在录音棚里录制的，比在农贸市场听得要清晰好听，第一首歌，简单的吉他和口琴伴奏下他那年轻的声音，尽管有些沙哑，却明澈如风，清澈如水。还有什么比年轻的声音更让人能够在心底里由衷地感动的呢？一年的时间里，他没有让年轻的脚步停下来，他也没有如我们这里的歌手一样疯狂地拥挤在各种电视好声音的选秀路上，只是选择了这样一条寂寞却清静的路，课时在音乐学院学习，业余到农贸市场唱歌，有能力出一张自己的专辑，不妨碍歌声传情捎带着谈谈恋爱。只不过一年的时间，却让我看到了青春的脚步，成长的轨迹。尽管，肯定有不少艰难，甚至辛酸，但哪一个人的青春会只是一根甜甘蔗，而不会是一株苦艾草，或一茎五味子，或他唱的那朵胡萝卜花呢？想想，倒退半个多世纪，1957年，在一辆黑羚羊牌的破卡车的后座上，他曾经喜爱的鲍伯·迪伦，那时和他一样年轻的年龄，不是从家乡北明尼苏达的梅萨比矿山，穿过印第安纳州，昏沉沉地坐了整整一天一夜二十四小时大卡车，去纽约闯荡他的江山吗？说青春是用来怀念的，只是那些青春已经逝去的人说的话；青春是用来闯荡的。

　　车子飞驰在布鲁明顿夏日热烈的阳光下。车载音响里响起"Blue Cut"中的第二首歌，是女声唱的，不用说，一定是一直站在他身边的那位藕荷色连衣裙姑娘。青春，有艰难相陪，也有爱情相伴。那是他的胡萝卜花之王呢。

年轻时去远方漂泊

寒假的时候，儿子从美国发来一封 E-mail，告诉我利用这个假期，他要开车从他所在的北方出发到南方去，并画出了一共要穿越 11 个州的路线图。刚刚出发的第三天，他在德克萨斯州的首府奥斯汀打来电话，兴奋地对我说这里有写过《最后一片叶子》的作家欧·亨利博物馆，而在昨天经过孟菲斯城时，他参谒了摇滚歌星猫王的故居。

我羡慕他，也支持他，年轻时就应该去远方去漂泊。漂泊，会让他见识到他没有见到过的东西，让他的人生半径像水一样蔓延得更宽更远。

我想起有一年初春的深夜，我独自一人在西柏林火车站等候换乘的火车，寂静的站台上只有寥落的几个候车的人，其中一个像是中国人，我走过去一问，果然是，他是来接人。我们闲谈起来，知道了他是从天津大学毕业到这里学电子的留学生。他说了这样的一句话，虽然已经过去了十多年，我依然记忆犹新："我刚到柏林的时候，兜里只剩下了10美元。"就是怀揣着仅仅的10美元，他也敢于出来闯荡，我猜想得到他为此所付出的代价，异国他乡，举目无亲，风餐露宿，漂泊是他的命运，也成了他的性格。

我也想起我自己，比儿子还要小的年纪，驱车北上，跑到了北大荒。自然吃了不少的苦，北大荒的"大烟炮儿"一刮，就先给了我一个下马威，天寒地冻，路远心迷，仿佛已经到了天外，漂泊的心如同断线的风筝，不知会飘落在哪里。但是，它让我见识到了那么多的痛苦与残酷的同时，也让我触摸到了那么多美好的乡情与故人，而这一切不仅谱就了我当初青春的谱线，也成为我今天难忘的回忆。

没错，年轻时心不安分，不知天高地厚，想入非非，把远方想象得那样好，才敢于外出漂泊。而漂泊不是旅游，肯定是要付出代价的，品尝一些人生的多一些滋味，也绝不是如同冬天坐在暖烘烘的星巴克里啜饮咖啡的一种味道。但是，也只有年轻时才有可能去漂泊。漂泊，需要勇气，也需要年轻的身体和想象力，便收获了只有在年轻时才能够拥有的收获，和以后你年老时的回忆。人的一生，如果真的有什么事情叫作无愧无悔的话，在我看来，就是你的童年有游戏的欢乐，你的青春有漂泊的经历，你的老年有难忘的回忆。

一辈子总是待在舒适的温室里，再是宝鼎香浮，锦衣玉食，也会弱不禁风，消化不良的；一辈子总是离家只有一步之遥，再是严父慈母、娇妻美妾，也会目光短浅，膝软面薄的。青春时节，更不应该将自己的心锚一样过早地沉入窄小而琐碎的泥沼里，沉船一样跌倒在温柔之乡，在网络的虚拟中和在甜蜜蜜的小巢中，酿造自己龙须面一样细腻而细长的日子，消耗着自己的生命，让自己未老先衰变成了一只蜗牛，只能够在雨后的瞬间从沉重的躯壳里探出头来，望一眼灰蒙蒙的天空，便以为天空只是那样的大，那样的脏兮兮。

青春，就应该像是春天里的蒲公英，即使力气单薄、个头又小、还没有能力长出飞天的翅膀，藉着风力也要吹向远方；哪怕是飘落在你所不知道的地方，也要去闯一闯未开垦的处女地。这样，你才会知道世界不再只是一扇好看的玻璃房，你才会看见眼前不再只是一堵堵心的墙。你也才能够品味出，日子不再只是白日里没完没了的堵车、夜晚时没完没了的电视剧和家里不断升级的鸡吵鹅叫、单位里波澜不惊的明争暗斗。

意大利尽人皆知的探险家马可·波罗，17岁就曾经随其父亲和叔叔远行到小亚细亚，21岁独自一人漂泊整个中国。美国著名的航海家库克船长，21岁在北海的航程中第一次实现了他野心勃勃的漂泊梦。奥地利的音乐家舒伯特，20岁那年离开家乡，开始了他在维也纳的贫寒的艺术漂泊。我国的徐霞客，22岁开始了他历尽艰险的漂泊，行万里路，读万卷书……当然，我还可以举出如今被称之为"北漂一族"——那些生活在北京农村简陋住所的人们，也都是在年轻的时候开始了他们的最初的漂泊。年轻，就是漂泊的资本，是漂泊的通行证，是漂泊的护身符。而漂泊，则是年轻的梦的张扬，是年轻的心的开放，是年轻的处女作的书写。那么，哪怕那漂泊是如同舒伯特的《冬之旅》一样，茫茫一片，天地悠悠，前无来路，后无归途，铺就着未曾料到的艰辛与磨难，也是值得去尝试一下的。

我想起泰戈尔在《新月集》里写过的诗句："只要他肯把他的船

借给我，我就给它安装一百只桨，扬起五个或六个或七个布帆来。我决不把它驾驶到愚蠢的市场上去……我将带我的朋友阿细和我做伴。我们要快快乐乐地航行于仙人世界里的七个大海和十三条河道。我将在绝早的晨光里张帆航行。中午，你正在池塘洗澡的时候，我们将在一个陌生的王国的国土上了。"那么，就把自己放逐一次吧，就借来别人的船张帆出发吧，就别到愚蠢的市场去，而先去漂泊远航吧。只有年轻时去远方漂泊，才会拥有这样充满泰戈尔童话般的经历和收获，那不仅是他书写在心灵中的诗句，也是你镌刻在生命里的年轮。

萤　火　虫

想起去年夏天，在美国普林斯顿一个社区里，我和一对来自上海的老夫妇聊天，都是来看望孩子的，便格外聊得来，上至天文地理，下至鸡毛蒜皮，聊得兴致浓郁，竟然忘记了时间，从夕阳落山到了繁星满天时分。那时，我们坐在一泓小湖旁边的长椅上，面前是一片开阔的草坪，一直连到湖边。当夜色如雾完全把草坪染成墨色的时候，抬头一看，忽然看见草坪中有光一闪一闪在跳跃，再往远看，到处闪烁着这样一闪一闪的光亮。由于四周幽暗，那一闪一闪的光显得格外明亮，最开始的感觉，它们是上下在跳，高低不一，但跳跃得非常有节奏，仿佛带着音乐一般，让人觉得有种置身童话世界的感觉。

起初，我没有反应过来，那光亮是什么东西，感到非常惊讶，竟然傻乎乎地叫道：这是什么呀？老夫妇去年就来过这里，早见过这情景，已经屡见不鲜，笑着告诉我：是萤火虫。我不好意思地对他们说：我都有好几十年没有见过萤火虫了。他们连声道：是啊，是啊，在我们的城市里，已经见不到萤火虫了。

想想，真的是久违了，我以前看见的萤火虫，还是童年，住在北京胡同里的大院的时候。算算日子，至少有五十年的光阴了。那时，我住在一个叫粤东会馆的三进三出的大院里，在花草中和墙角处，不仅能见到萤火虫，还能听得见蟋蟀、油葫芦和纺织娘的叫声。夏天的夜晚，满院子里疯跑捉萤火虫，然后把萤火虫放进透明的玻璃小瓶里，制作我们自认为的"手电筒"，再满院子里疯跑，是我们孩子最爱玩的游戏。

如今，在北京，不仅这样的四合院越来越少，就是有这样的四合院硕果仅存，孩子们也再见不到萤火虫，玩不成这样的游戏了。如今的城市，有霓虹灯和电子游戏，比萤火虫的闪烁要明亮甚至炫得多，但是，那些毕竟是人工的，不是来自大自然的光亮。如今，童话般的心理感觉和视觉冲击，往往来自电脑制作或3D电影。其实，对于孩子，乃至成年人，那种童话般的感觉和感动，更多的应该是来自大自然。越来越高科技现代化的城市，隔膜住了大自然，让我们远离了大自然。

之所以想起了去年和萤火虫重逢的事情，是因为前两天在报纸上看到一则这样的消息：如今，在淘宝网上可以买到萤火虫。每只萤火虫卖3元到4元，一般批量出售是一百只萤火虫为单位的。接到订单之后，商家指派人到野外去捉萤火虫，但大多数是在仿生态的环境下人工饲养的。把萤火虫捉到后，把它们装进扎了小孔的塑料瓶里，空运过来。这些活体萤火虫用作情侣放飞、婚庆气氛的营造。网上的广告这样说：送她可爱的萤火虫，可以营造出非常温馨浪漫的情调。

　　心里不禁有些感慨。曾经伴我们儿时游戏的萤火虫，如今被发现了身上具有的商业价值。是什么让它们具有了商业价值？城市赶走了它们，再把它们请回来的时候，它们就摇身一变。这样坐着飞机千里迢迢而来的萤火虫，不再是我们的朋友，而成为我们花钱买来的商品，放飞的还是以前我们曾经拥有过的童话感觉或浪漫感觉吗？

　　想起了法国作家于·列那尔写过的一首题为《萤火虫》的散文诗，只有一句话："有什么事情呢？晚上九点钟了，他屋里还点着的灯。"如今，他屋里还能够有为我们点着的灯吗？

女人和蛇

欧文小镇是印第安纳州一个非常小的袖珍小镇，之所以出名，是因为这里有温泉。一百多年前，一位德国医生就是冲着温泉买了一块非常大的地，建立起一座疗养院。岁月沧桑，世事更迭，如今这里成了一座州立公园。

来到公园，才知道公园占地面积非常大，森林资源丰富，远不止温泉。如今的人们在公园里建了一座自然中心，其实就是一座小型的自然博物馆。这是一座莱特式的现代建筑，里面展览这里独有的矿物、树种、花草、动物等历史和标本，还有活物。活物中最多的是鸟、乌龟和蛇。

正是中午，乌龟和蛇正在午餐。我第一次看见乌龟和蛇吃东西，它们被迁出展柜，被放在很大的塑料箱中。乌龟吃小鱼，还可以理解，蛇居然也吃小鱼，真的难以想象。蛇吃小鱼，伸出蜿蜒的脖子，吐出长长的信子，在一瞬间就完成了进餐的整个动作，那劲头颇像壁虎捉虫，非常好玩。

我和孩子们正在围着箱子看蛇吃小鱼，一位身穿工作服的老太太走了过来。她告诉我们，这条蛇今天已经吃了十几条小鱼了，刚才是它吃的最后一条小鱼。说着，她弯腰蹲下来，将手臂伸进箱子里，把那条蛇拿了出来，对我们说：你们可以摸一摸它，它很听话，不伤人的。那条蛇足有七八米长，碗口那样粗，顺着她的胳膊，像是电影里的慢镜头一样，缓缓地蜿蜒着，舒展着身子，蜷伏在她的胸前。那样子显得很温顺，但我没敢去摸，倒是孩子们兴致勃勃地跃跃欲试，引起欢快的笑声，蛇见多不怪，不动声色地依偎在老太太的胸前。

老太太接着告诉我们，这条蛇是十三年前她在展览馆门口看见的，它像是要爬进展览馆，按照我们的话说就是缘分了。老太太弯腰抱起了它，一直养到了今天。说着，她走到展柜前，把蛇放了进去，又引我们到展台前，打开一本画册，翻到有一条小蛇的那一页，说这就是十三年前拍下的照片。

十三年，她将一条小蛇养大成蟒蛇一般粗大。并不是所有的蛇都是《伊索寓言》里农夫和蛇故事中的蛇，这条蛇通人性，十三年朝夕相处，和老太太成了好朋友。这应该是人和大自然的关系。老太太笑着告诉我们，这条蛇特别有趣，最爱闻巧克力的味儿，虽然它并不吃巧克力。有一次，在喂它吃食的时候，她刚刚吃了一块巧克力，被它闻到了，蛇的嗅觉特别灵敏，以后只要你一吃巧克力，它老远就能闻得到，就会显得很兴奋，向你爬过来。而且，以后几乎每一次再喂食的时候，它都要你张开嘴，看看你嘴中有没有巧克力。那样子，就像一个孩子。

老太太是一个心直口快爱说话的人。也许，是整天和这些不说话的动植物打交道闷得慌吧，她渴望和人交流。不过，这只是我带有偏见的猜度，很快就被她的话所打破。她好像猜透了我对她的揣摩，告诉我们她自己的经历。原来她是从小在这个小镇上长大，考入大学，航天工程专业，硕士毕业之后，有一份很不错的工作。但是，大概是这里独特的自然环境对她的影响至深，她爱这里的森林和森林里的动植物，于是她常常会到这个自然中心里来，开始当志愿者，一当当了十多年，人家看她确实是想到这里来工作，就把她接受为正式的工作人员。她高兴地说，这是她最愿意做的工作。一个人，一生中能够有一个理想的爱人，有一个美满的家庭，有一份自己愿意做的工作，就是最幸福的了。

当我听完老太太这番话，对她刮目相看。如今，对幸福的认知已经五花八门，并不是什么人都能够如她一样，舍弃优越的工作而在一个小镇当一个自然中心的工作人员，单调而寂寞地对待她的那些乌龟和蛇的。

想起一辈子写森林大自然的俄罗斯作家普里什文曾经说过的话："世界是美丽非凡的，因为它和我们内心世界相呼应。"他在这里说的第一个"世界"，就是森林和大自然，有了这个大世界，我们内心的小世界才有可能会形成。

他同时又强调，"一个人是很难找到自己心灵同大自然的一致的。"他在这里强调的"很难",是指如我一样的一般人,但他和这位老太太却属于心灵和大自然相呼应相一致的人。

　　临离开欧文小镇的时候,取了一份介绍小镇的册页,那上面居然和我们的城镇一样,爱用宣传口号为自己立言:Sweet Owen。想想,这个sweet,用在这位老太太身上,倒也真合适。这个sweet,对于她是甜蜜,更是幸福。

街上看鞋

在美国，走在街上，或坐在街旁，我特别爱看来来往往的人脚上穿的鞋。因为和我在国内看到的景观不大一样。在国内，大街上，尤其是在前门、王府井，或西单这样热闹的街上，人们穿的鞋远远要比美国这里的花样繁多，色彩炫目。在那些大街上，常常会看到人们尤其是年轻女孩子脚上的鞋，名牌自不待说，光是样式，越新潮越不怕新潮。冬天的高筒皮靴，夏天的五彩凉鞋，春秋两季的船型或盖式或香槟或复古或盘花或镂空或平跟或高跟或尖跟或坡跟或松糕跟……应有尽有，无奇不有。特别是那种现在流行的加高鞋跟的鞋子，从鞋底就开始增高整整一层，然后再在跟上做足了文章，旱地拔葱一般，一夜恨不高千尺一般，让身高一下子拔高许多。看这样的女人在大街上风摆柳枝袅袅婷婷地走，总有些杞人之忧，觉得她们像是踩着高跷似的，一不留神，就会被如此高的高跟崴了脚。

在美国的大街上，几乎没有见过这样的景观。但也不能把话说得那样满，偶尔见到过几次这样的高跷鞋，大多是我们中国的女人。有一次，在印第安纳波利斯的市中心纪念碑前的广场上，我见到一位中国的女人，年龄不小了，大约在往五十上奔了，跟在一位洋老头的身后，洋老头指着高高的纪念碑和周围的建筑，向她介绍着什么。便猜想这位女人大概是初次来到这里，或许是来自大陆，也许是居住在美国的华人，总之，她倾听着洋老头的介绍，一脸灿烂的笑容。便又猜想，或许是别人给这个洋老头介绍的对象。由于洋老头长得人高马大，腿长步宽，她人长得小巧玲珑，有些跟不上洋老头。看她踩着一双那样高的高跟鞋，而且，还是尖跟的，真的有些替她担心，生怕走得一急，崴着脚踝。不过，她倒是没事，如同跳着熟练的芭蕾，尖跟在地板上响着轻快的声音，像是脸上微笑迸溅出的回声。

在美国，很少见到洋人出现这样的景观。即便搞对象中的女人个子矮小，也很少见到非得借鞋跟以增加身高，来平衡恋爱中的心理期待与价值指数。不知道从什么时候，中国出现了女子身高自恋症。矮个子的女人穿高跷鞋，高个子的女子也穿高跷鞋。

在美国，正经的皮鞋，在大街上很少见，无论男女，人们更爱穿的是运动鞋，如果天稍稍一热，人们便早早换上一双凉鞋，凉鞋中，居多的是那种夹脚的人字凉鞋，可以从开春一直穿到秋末。有时候，我会想，美国人的生活真的是太简单了，一年四季，有一双这样夹脚的凉鞋，一双运动鞋，一双上班的皮鞋，就足够了。如果讲究一点儿的，再有一双高筒皮靴；如果再时髦一点儿的，买一双雕花的牛仔靴，已经算是奢侈的了。

去年夏天一个周末的中午，还是在印第安纳波利斯的市中心，在一家餐馆里吃午饭，黑人服务员问是想坐在室内，还是坐在外面。我说外面吧，坐在凉伞下，面前就是直通纪念碑的大街，正好可以看看来来往往人们脚上的鞋。趁着菜还没有上来的工夫，我想做一番小小的试验，看看从我面前走过的人，有多少穿运动鞋的，有多少穿凉鞋的，有多少穿皮鞋的，又有多少穿我们国内那种高跷鞋的。走过来、走过去的人，白人、黑人、亚洲人，年轻的、年老的、年幼的，都有，虽然赶不上北京街头的人流如鲫，但毕竟是周末，人还是挺多的。数到一百的时候，不想再数了，觉得大概可以看出一些眉目了。一百人中，除了六位穿皮鞋，穿凉鞋的和穿运动鞋的几乎平分秋色，穿运动鞋的更多一些。而那种高跷鞋，我一个也没有见到。

坐在那里，我有些走神。想着我刚才计算出来的数字，为什么会运动鞋更多一些？因为，走步和跑步，是美国人日常生活和运动的方式。无论在哪里，几乎都可以看到走步和跑步的人，特别是在一早一晚和休息日，跑步的人更多，他们手腕上系着表型的计步器，跑得汗流浃背，却乐此不疲。为此，在美国很多的大街上，都会专门辟出一条道，为自行车和跑步专用。所以，在大街上见到的人们穿运动鞋更多一些，是不足为奇的。在鞋店里，运动鞋卖得非常热火，老少咸宜，谁都要有几双运动鞋的。

发现这一点，我像是哥伦布发现美洲新大陆一样，有了什么自以为是的新发现。鞋，不光是关系着人们的生活水平，舒适程度，价值观念，审美需求，也关乎着人们生活和生命存在的方式。运动鞋，在美国的状况，说明了这一点，他们对鞋的选择，更多的不仅仅是为了美，为了增高，为了给人看，更多的是为了自己的生命与生存。运动，不仅仅只局限于运动场和健身房，也在大街上。

我想起前几年的春天，在威斯康星州的州府麦迪逊市大街上见到的最壮观的运动鞋。可以说，像秋天的落叶，冬天的雪花，覆盖满大街一样，那一天的上午，麦迪逊大街上奔跑的都是这样的运动鞋。

那是麦迪逊市举办的每年一度的长跑比赛。名称非常有趣，叫作"疯狂的腿"比赛。比赛的距离是半个马拉松的长度，参加者有万人之多，要知道麦迪逊市人口总共才有几万呀。想到这一点，便也就多少明白了为什么要把比赛叫作"疯狂的腿"了，没有如此疯狂般的心劲儿，怎么可能平均每一家就会有一个甚至两个人出来比赛呢？

比赛的起始点在州政府大厦前的广场上，背后或胸前贴着号码的选手已经熙熙攘攘，人挤着人，几乎密不透风。看到选手中竟然有白发苍苍的老头老太太，让我分外惊奇，忍不住上前打听，才知道不少老人一辈子以参加一次这样的长跑比赛甚至马拉松比赛为荣耀。

发号枪响了，一片欢腾之中，那么多人跑了出去，浩浩荡荡，犹如汛期的桃花水，满城都是长跑的人和看长跑的人，满城都是疯狂的腿，疯狂的腿下脚上，穿的都是运动鞋。街上，本来就是车行人走的地方，但这一日，除了警车和救护车，都是鞋子，而且是运动鞋，主宰了这座城市，覆盖了这些街道，上演了一幕荡气回肠的话剧。那些色彩缤纷的运动鞋，让城市的街道变幻了色彩，变幻了功能，有了蓬勃的弹性，有了生命的力量，有了魔力一样的诱惑和吸引。这是我见过最壮观的运动鞋，最壮观的街道，两者相映成趣，构成都市万千风情。

在美国大街上看鞋，成了我的一种习惯。特别是双休日的时候，看到很多人是在跑步。好容易熬到一周休息的时候，他们似乎不大愿意开车，而是愿意跑步。

有一个星期天，我到纽约，因为堵车，坐在大巴上无所事事，居高临下看大街上的人流，忽然又不由自主地看人们脚上穿的鞋，并又像在印第安纳波利斯那天一样，数着数，计算着穿不同鞋的比例。谁知纽约跟北京一样人流如潮，数着数着就数乱了，但还是大约可以算出来，起码有百分之七八十的人是穿运动鞋，似乎个个都长着疯狂的腿。

街角老书店

离开布鲁明顿的前一天，我才在城中心发现居然还有一个书店。

按理说，位于闹市中心，又正对着市政府大楼，应该早就看见才是。但是，它实在太不起眼，灰色的大理石的基座，灰色的二层小楼，没有一扇一般书店常见的琳琅满目摆满图书的橱窗，也从来没有一次见过有人从那里出出进进。闹中取静的它，犹如一位阅尽世事沧桑的长者，老眼厌看往来路，流年暗换南北人。多次路过那里，都以为是一家家境殷实的老住户，或者是一家私人定制的服装店。

这一次，忽然发现在它的底座的边上有几个英文字母"CORNER BOOK"，简单而浅浅的线条，凹刻在大理石上，和灰色的大理石成一色，不注意看，很容易忽略。这是它作为书店存在的唯一标志了。按照英文的意思，和它所处的位置，应该叫作"街角书店"。

这样叫法名副其实。它在第五街和学院路的交叉路口，正好把着街的一角，一侧通向第五街，一侧通向学院路，类似我们北京的转角楼。第五街是此地最重要的街道，印第安纳大学、布鲁明顿公共图书馆和儿童博物馆，都在这条街道上。一个书店能够屹立在这样黄金地段，在如今的城市中已经越来越少见了。原因很简单，在这样寸土寸金的地段，房地产的价格，被精明人早就算出什么能够赚钱，什么不赚钱。哪怕把书店改成咖啡馆呢，也不会像现在这样门可罗雀。

可是，这家街角书店一直就屹立在这里。据说，布鲁明顿建城不久，自从有了这两条街道，这里便是这家书店。这样算来，一百来年的历史了。如今，在全世界的大小城市里，能够找到有着这样悠久历史的书店，越发是凤毛麟角。想想我们北京，琉璃厂的中国书店算吗？店铺的位置幸而还是，但店铺的样子早已面目皆非了。

布鲁明顿不是一座大城，只是一个拥有六万人口的小城，居然还顽强保留着这样一个书店，真的不容易。如今，在网络的冲击下，纸面阅读遭受空前未有的滑坡；而网上销售，更对实体书店是一个致命的打击。这是全世界的问题。在美国，实体书店是由大的连锁店和小的独立书店构成。连锁店一般实力雄厚些，独立书店则由于是个体经营，本小利微，面临的挑战更为严峻，很多家书店都已经纷纷倒闭，就连纽约最有名的中央车站书店，也将于今年年底关张。布鲁明顿当地的朋友告诉我，早就传出这家街角书店也要关张的消息。可是，消息传了一年多，书店还顽强屹立在这里。

或许，这是街角书店老板的坚守，也是有布鲁明顿这座城市坚实的文化依托支撑着它吧。毕竟这座城市一半以上的人口是印第安纳大学的师生。全美国连锁书店和独立书店加起来，如今不足两千家。其中连锁店主要是巴诺（Barnes & Noble）和鲍德斯（Borders）两家，大前年，鲍德斯已经倒闭，如今硕果仅存的只剩下巴诺。在已经为数不多的巴诺连锁店里，布鲁明顿就有一家，吃力也竭力地存在于第二街外面，和街角书店呼应，彼此做个温馨却多少有些心酸的慰藉。

街角书店不大，走进去，一层售书，二层住着主人一家。便想亏了房产是书店主人的，否则，真的是难以为继。又想，书店如今如此艰难，主人完全可以不开书店，而变为他用，但主人依然不改初衷，让这座百年街角书店不合时宜地存在着，成了这里一道别样的风景。这样一想，心里对主人充满敬意。

书店麻雀虽小，却五脏俱全。生活类、艺术类、文学类、儿童类……分门别类，很方便找书。由于为了尽可能多陈列各种书籍，四周和中间都是书架，空间显得很逼仄，却拥挤着品种丰富的书籍。在这里，我看到了有的大书店都没有的书，比如曾经上过时代周刊封面的美国摇滚女歌手帕蒂·斯密斯的摄影集，布鲁明顿本土最有名的印象派画家斯蒂尔的传记和画册。而文学的书籍都是古典名著，没有什么现当代我们这里趋之若鹜的作家作品。

有点儿遗憾的是，整个书店，除了我和售书的小姐之外，一直再无一人进来。一窗隔开车水马龙的喧嚣，它像是一位大隐隐于市的隐者，无我，无住，无着，静默无语。

农 场 日

　　花花绿绿的，每个小孩子的衣服上都贴着一张彩色纸片，上面写着自己的名字和所在的幼儿园。这一天，来农场的孩子太多，布鲁明顿市附近的幼儿园三至五岁的孩子，像撒了欢儿的小马驹，几乎都跑到这里来了。农场边上的牧场，变成了临时停车场，送孩子们来的黄色的校车，和陪孩子来的家长们的私家车，浩浩荡荡地排成一排排，涨潮的海浪一样在绿色的牧场上翻涌。

　　这一天，是这里的农场日。这个位于印第安纳州门罗郡叫作佩登的农场，已经有150年的历史。一年一度的农场日，都是在十月的金秋季节举行。农场里很多人出动，很多是老人，甚至还有孩子，此外不少是志愿者，为孩子们服务。

　　农场以库房和仓房为中心的小广场四周，鳞次栉比地排满了各种摊子，是农场四季稼穑和日常生活种种活计的展示，还有最早的烘炉打铁、水泵汲水、一百多年以前老式的马车和农具。库房里则展览着各种新式的农机具和各种农作物，包括蜂蜜和蜂巢的实物，皮毛与动物的样本，以及奶酪和果酱的现场制作与品尝。四周转上一圈，虽然地方不大，内容却不少，粗线条的勾勒出美国农业发展的历史。

库房外的阴凉下，两位老太太和一位年轻的姑娘在画水彩画，还有一位壮汉在画一幅大幅的油画，画的都是对面热闹的场景和风景。在到处是一片孩子的喧嚣中，这里显得格外安静，像是布莱希特戏剧中间离效果下的一种别样的景致。他们不动声色地用自己的画笔，为这个农场日留下无声却有色的历史档案。

农场日，从来是孩子们的节日。这一天，农场开辟了它的另一种功能，成为另一种形式的主题公园。孩子们先要坐上轮式的手扶拖拉机，到农场转上一小圈，拖拉机上铺着的厚厚的干草，成了孩子们的沙发，在秋阳中散发着草香，是在都市里闻不到的味道，让孩子们嗅着鼻子，格外好奇。

颠簸在起伏的田野里，远处是还没有收割的玉米，荷枪实弹的卫士一样，齐刷刷地列阵在蓝天白云之下。再远处，能看见牛群散步在闪闪发光的小湖边，湖水像是田野的眼睛，湖畔摇曳的青草，就是它眨动的眼睫毛。四周是依然绿意葱葱的橡树、栗树和苹果树，和已经叶子变红的五角枫和加拿大枫，还有一种结着苹果绿鲜嫩颜色果子的树，叫不上名字，但那果子很大，圆鼓鼓的，浑身长满了疙瘩，像番石榴，也有点像手雷。农场的人告诉这种果子不能吃，掉在地上，专门吃害虫。

最让孩子们兴奋不已的，是那些展示农场生活场景的各种摊子，那些从最小的鸽子蛋到鸡蛋鸭蛋鹅蛋鸵鸟蛋，从蜜蜂采蜜到酿蜜的蜂箱到住家的巨大蜂巢，从往枫树上插着管子到燃烧着木棒的大柴锅到枫糖最后的熬出，从棉花结籽到纺纱织布，从玉米脱谷到碾成面到最后做成玉米糕，从苹果下树到苹果汁的榨成……孩子们看得津津有味，不少地方，孩子们可以亲手参与互动，去尝尝玉米糕、喝喝苹果汁，新奇地体验一把农场人与城里人不同的滋味。

那些小鸡小鸭小兔子的摊子前，那些小羊小牛小马驹的围栏前，最让孩子们欢呼雀跃，他们摸摸温顺的小羊小牛小马驹的身子、头和鬃毛，然后喂食给它们吃；他们把小鸡小鸭小兔子捧在自己的手心里，和它们轻轻对视，甚至轻轻地对话。这是和玩电子游戏或新奇玩具完全不同的感觉。而这时，火鸡和珍珠鸡正在他们的四周逡巡，孔雀已经飞上了高高的树的枝头。

住在城市里的孩子们，在这里有了和大自然接触的机会，知道了田野里的很多知识。照我们所说的，这里是孩子们的第二课堂，以及"谁知盘中餐，粒粒皆辛苦"的古训吧。只是这一切是欢乐中进行的，是在暖烘烘的秋阳中、田野里吹来的风中，和这些活灵活现的农场生活中，进行着的。不知道这些孩子做何等感想，也不知道组织农场日的大人们出于何等愿望，反正这一天有了孩子们的欢声笑语和活蹦乱跳的身影，让农场有了生气；而农场新鲜的一切，让孩子们得到了欢乐。这就足够了。无论孩子还是大人，他们没有我们想得那么多，他们的生活中，觉得追求快乐比追求意义的价值更大，所以，他们比我们生活得简单，却也轻松，而且，比我们少了些急功近利的功利色彩。

特别是，他们这次活动，每个孩子只需交3美元。这3美元，包括了租用校车等所有的开销。显然，农场日，是公益日。

天近黄昏时分，农场日接近尾声。一拨拨络绎而来的孩子们，跟着幼儿园的老师回到校车，热闹将近一天的佩登农场渐渐恢复了平日的安静。各个摊子前的人少了，小鸡小鸭小兔子都显得有些疲惫了，巨大的南瓜上布满了孩子们用彩笔签下的歪歪扭扭五颜六色的签名。库房前的两位老太太和那位姑娘的水彩画画完了不止一幅，那位壮汉的油画也已经画完，正在进行最后的修改。那是一幅农场日的全景，远处的田野、农舍、绿树、田间小径、孩子，和近处遍地的金菊花、遍地的珍珠鸡。

毕 业 季

夏末时节，是布鲁明顿最热闹的时候。因为这是印第安纳大学每年度举行毕业典礼的时候。布鲁明顿是依托印第安纳大学建起来的一座城市，人口一共只有六万，大学里的师生就占了三万。这个时候，很多美国学生的父母会带着全家人，大老远的开着汽车，赶到这里参加孩子的毕业典礼。大人们重视孩子的整个毕业典礼，把它当作孩子的成人礼一样看待，看成孩子和自己一起共同的节日。

这几年，来自我们中国的留学生剧增，中国的父母也不甘落后，更是大老远跨洋过海地来到这座小城，为孩子的毕业典礼助兴。

印第安纳大学和布鲁明顿的旅馆爆满。校园里、大街上、商店里、饭馆中，更是人头攒动，打破了一冬一春的宁静。因为中国留学生的增多，布鲁明顿几家中餐馆里，更是熙熙攘攘，这些新来的学生，尤其是家长，吃不惯美国粗糙的西餐的味道，更喜欢到中餐馆来满足自己的肠胃。新的一家叫作"味道"的中餐馆，正在紧锣密鼓地装修，不过，恐怕赶不上今年的毕业季，只能蓄势待来年了。

那天，我在印第安纳大学附近最大的一家超市里买完东西出来，看见一对四五十岁的中国夫妇。站在超市门前的凉棚里，用手机打电话，说着一口流利的中国普通话。初夏的布鲁明顿，忽冷忽热，天气变化很大。这一天，阳光灿烂，显得很热，看见那一对夫妇满脸是汗，脚下堆着一堆满当当的塑料袋和纸袋，买的东西不老少。上前一打听，是老乡，来自北京，请假专门来这里参加儿子的毕业典礼的。他们连连对我说："没想到这里好多东西比北京便宜，没想到这里的人和北京一样多。"

不一会儿的工夫，一辆白色的宝马车开到了他们的面前戛然停住，车门打开，从驾驶的座位上跳下一个戴着太阳镜的小伙子，从副驾的座位上袅袅婷婷地走出一位一袭黑色连衣裙的中国姑娘。两个年轻人把堆在地上的东西麻利儿地拿到了后备箱里，一对父母和我打过招呼，钻进后车厢，车嗖的一下，如鸟飞去。按照这一对父母的计算法，这里的小汽车比北京更要便宜，这一辆宝马要四五万美金，合人民币三十万左右。心里不禁暗叹，中国人真的有钱了，或者应该说中国人中真的是有钱的人多了。

又一天，下着蒙蒙小雨。在印第安纳大学的校园里，碰见了一对来自密歇根的美国父母，也是参加儿子的毕业典礼的。他们告诉我，他们来的时间稍微晚了些，布鲁明顿和附近的旅店都早被订满，没有办法，他们只能在哥伦布市的一家旅店里住。哥伦布市，我去过，知道那里离这里有四十多公里，每天往返，是不近的路。他们耸耸肩，表示很无奈，没有想到人会这么多。他们是从密歇根开车出来，先到爱荷华州立大学接上刚放假的女儿，是儿子的妹妹，在那里读医学，一起来参加哥哥的毕业典礼。典礼结束，他们开车带上儿子和女儿一起回家。然后，暑假结束之前，儿子再回学校料理毕业的后事，打理他自己的衣物书本和一切东西，彻底清空后回家。大学生涯，就算是挥手告别了。

我问儿子有车吗？他们告诉我，没有为儿子买车。和很多美国家庭一样，孩子读大学了，一切需要自己打理，他们希望孩子能够自己独立去处理日常生活的一切。如果需要车，他自己会贷款，以后工作后偿还。如果不需要，他可以自己应付这一切。

这一对父母说得很平常。车子，不过是日常生活的一个细节，都是身边的琐事，像路旁司空见惯的一朵小花，开与落，再自然不过的了。而不像我们这里，车子成为身份的一种象征，甚至一种炫耀。父母出手阔绰大方，孩子伸手理所当然。

我问那一对父母："孩子那么多东西，没有车怎么拉回家，你们还要再开车来一趟吗？"

他们摇摇头告我："孩子会租一辆车的。"

事情就是这样的简单。但是，我们的想法和他们的想法，有时候就是这样有距离。就像我，首先想到的是，路途那么远，孩子又一个人，总有些不放心，父母应该开车再来一趟（如果是我自己的孩子，我肯定是轻车熟路的惯性这样做了），而他们则很自然地想到孩子可以自己租一辆车回家。做父母的，不必像个跟包的似的，事必躬亲。

那一刻，我想起了前两天在超市门前遇见的那一对来自北京的父母，和他们开着宝马的儿子。

万圣节的南瓜

　　万圣节前夕，我住的社区，家家门前都早早地摆上了南瓜。各家有各家的风格，那南瓜摆得都非常有意思，有的从路边一直摆在门前，仪仗队欢迎客人似的；有的在每个台阶前放一个南瓜，步步登高；有的则左右对称；有的则在南瓜上雕刻上笑脸，做成南瓜灯，迫不及待在迎接节日的到来。

　　在我看来，世界上许多节日都日渐失去了民俗的本意，而成为一种休闲娱乐的方式。万圣节，在美国更成了孩子们的节日。因为这一天，身穿万圣节各式各样服装的孩子们，可以兴致勃勃地叩响各家的房门，向那些平常并不熟悉甚至根本不认识的邻居们讨要糖吃。而各家都准备好了各色糖果，等待孩子们的到来，一起创造并分享这种欢乐。各家门前的这些南瓜，就像圣诞节的圣诞树，是节日的象征，只不过圣诞树一般是放在家中，而南瓜则是放在屋外的。于是，南瓜便也就有了节日共享的意味，颇有些像我们春节的花炮，燃放起来，大家都可以看到，共同欢乐。

那一色黄中透红的南瓜，在万圣节前夕，是那样的明亮，给已经有些寒意的初冬天气带来暖意。

唯独有一家人家的房前，没有放一个南瓜。在整个社区显得格外醒目。仿佛一串明亮的珠子，突然在这里断了线，珠子串不起来了。

每天散步，路过这家门前的时候，我的心里都有些怅然。这是一座很大的房子，门前有拱形的院落和左右对称的院门，院门旁各有一株高高的海棠树，连接这两座门的是一座半圆形的花坛。看院子这样气派的样子，这应该是一户殷实的人家，大概不会买不起几个南瓜，在超市上三个大南瓜只要十美金。心想要不就是因为忙，一时顾不过来去超市买南瓜。

又几天过去了，马上就到万圣节了，这家门前还是没有一个南瓜。门前的海棠树结满红红的小果子，花坛却没有一朵花在开放了，秋风一吹，院落里落满凄清的树叶，也没有打扫。我有些奇怪，便向人打听，这是怎么回事呢？这样的情景和节日太不相吻合，和这样气派的房子也不大吻合。

有人告诉我，这家的主人是位医生，不知犯了什么案，被判了刑，关进监狱。这座房子被银行收走，他的家人只有在这里住一年的权限。我从来没见过这家的女主人，只见过他家有两个男孩子和一个女孩子出入，年龄都不大，两个男孩子像是中学生，妹妹小，大约只上小学。心里也就多少明白了，家里缺少了主心骨，大人孩子过日子的心气也就没有了，再好的房子和院子也就荒芜了。况且，缺少家庭主要的经济来源，三个正上学的孩子都需要花销，过日子的局促，自然顾不上了南瓜。心里不仅替这家人惋惜，尤其是替那三个无辜的孩子，大人们做事情的时候，往往忽略了孩子的存在。但凡想想自己的孩子，做事情的时候也该会让自己的手颤抖一下吧。

那天下午，我的邻居家的后院里忽然响起了锄草机的轰鸣声。这让我很奇怪，因为邻居的锄草很有规律，都是在周末休息的时候，怎么还没有到周末，而且人也没有下班，怎么就有了锄草的声响呢？我走到露台上去看，发现是那家医生的两个男孩子在锄草。他们开来一辆汽车，停在院子前，猜想是他们拉来了自己的锄草机，帮助邻居锄草，挣一点儿辛苦钱。同时，也猜想是邻居的好心，让这两个孩子挣点钱去买万圣节的糖果和南瓜。

我的猜想没有错。黄昏时候，邻居下班，我问了他们，这是一家印度人，他们腼腆地笑笑，证实了我的猜测。同时，他们还告诉我，这个社区里很多人都知道他们家的事情，都像他家一样将锄草的活儿交给了这两个读中学的孩子。他们不愿意以施舍的姿态，那样会伤孩子的自尊心，他们更愿意以这样方式帮助孩子，让他们感觉自己像成人一样，可以自食其力，可以为家庭分忧，给母亲和小妹妹一点安慰。

果然，第二天，这家医生的门前摆上了南瓜。是三个硕大无比的大南瓜，大概是三个孩子每人挑选的一个中意的南瓜。每个南瓜上都雕刻上了笑脸，布鲁明顿明亮阳光的照耀下，那三张笑脸笑得非常灿烂。

客厅里的鲜花

朋友丹晨夫妇在美国新买了一套单体别墅，靠近普林斯顿老镇，临达拉维尔河，我笑着打趣说是亲水豪宅呢。她也笑了，说是二手房，上下两层，小巧玲珑，特别是花园，不是面积奢华的那种，但收拾得花是花，草是草的，错落有致，四周一圈柏树，中间几株雪松，靠餐厅落地窗的一面，特意种了一株修剪得矮小的五叶枫，两侧栽的是书带草和玉簪。朋友一看就喜欢上了，本来已经订下了另外一套别墅，且交付了订金，却"喜新厌旧"当场决定退掉那套，选择了这一套。

这一套的房主是一对退休的白人老夫妇。在美国，老年人大多不跟子女一起居住，他们的房子，一般是越住越小，因为退休收入减少，也因为体力减弱，收拾房间和花园已经力不可支，便卖掉大房子，搬进老年公寓，拿到卖掉房子的那一笔钱，舒舒服服，手头宽裕地安度晚年了。

拿到钥匙的那一天，朋友约我和其他几位朋友一起看房子。花径缘客扫，先看见花园收拾得干干净净，草坪上新剪的草，剪草机留下的整齐痕迹很明显。走进房间，已经四壁一空，家具都搬走了，但墙壁、地毯、楼梯、壁灯、落地窗和白纱窗帘，都还显得簇新，真想象不出这是住了十多年的老房子。

我对丹晨说，这对老夫妇还真不错，临搬走之前，把这里收拾得干干净净。丹晨说，这对老夫妇和这套房子很有感情，他们对我们说你们搬进来一定要好好爱护，特别是这个小花园，从一开始的设计到后来的维护，有这一对老夫妇这十多年太多的心思。

更让我没有想到的是，丹晨指给我看，客厅吧台上摆着一个瓷花瓶，花瓶里插着几枝天蓝色的绣球花和几枝金黄色的太阳菊，四围还点缀着几簇各种颜色的我叫不出名字的小花。丹晨告诉我，这花瓶和鲜花，都是主人留下的，显然是在搬走的这一天特意买来的。丹晨说上午他们来交接房子拿钥匙的时候，一对老人还在忙着把最后几个大箱子搬上卡车。但他们没有忘记买下瓶鲜花，留给新主人。

那一刻，那一瓶鲜花，在空荡荡的客厅里显得格外醒目，漂亮鲜艳的如同雷诺阿笔下的鲜花。

花瓶旁边，立着一张精美的对折贺卡。我拿起来一看，上面密密麻麻写满了钢笔字，这张贺卡，竟然也是原来的主人留下来的。丹晨大声地对我说："念一念，上面都写着什么？"我说："是在考我吗？我英语拙劣，但贺卡上的这些字大致还认得，大意是房间的新主人：今天你们就搬进了这个新家，希望你们能够喜欢它。也希望你们在这里度过你们一生中美好的时光，让这里伴随你们一直到老，到生命的尽头。"我大声地念了起来，回声轻轻地在挑高客厅回荡着。看得出，一起来看新房的人都有些感动了。

那一刻，我的心头也忽然一热，同样为这对老夫妇感动。因为我实在不知道，在我们这里买二手房的时候，会有多少人能够如这对老夫妇一样，在临搬走之前，不仅为你整理好花园、打扫干净房间，还为你留下一瓶鲜花和这样一张写满感人肺腑词语的贺卡？我们这里，疯狂的二手房交易，房子的老主人和新主人，已经完全成为赤裸裸的金钱关系，而房间便只剩下了居住面积和建筑面积以及疯涨的价格和锱铢必较或水涨船高的心理战术，少了人居住的人的气味，更别说人情味和鲜花的芬芳气味了。

丹晨的老公这时候从厨房的壁橱里拿来一瓶香槟和几支玻璃杯，跑讲客厅高兴地叫了起来："快来开香槟，咱们来庆祝庆祝乔迁之喜。"香槟的泡沫如雪花一样从瓶口喷涌出来的时候，我才知道，这香槟和玻璃杯也是这对老夫妇特意留下来的。

河边的椅子

■■■■　我第一次见到这样的椅子，是在普林斯顿旁的达拉威尔河边。

其实，只是一种防腐木做成的普通长椅，没有油漆，很朴素，在公园里常见。但是，我见到的椅子的后背钉有一块小小的铜牌，铜牌上刻着几行小字，是孩子纪念逝世的父母，最后是两个孩子的署名，一个叫安妮，一个叫斯特凡。

也许，是我见识浅陋，在国内未曾见过这样的椅子，因私人的介入，让公共空间飘荡着个人化的情感，并让这种情感与他人分享。很显然，这是叫安妮和斯特凡的两个孩子思念父母而捐助设立的长椅。很像我们这里在植树节里栽下的亲情树。这真的是一种很好的法子，既可以解决一部分公共事务的费用，又可以寄托私人的情感于更广阔的公共空间。可以想象，在平常的日子里，安妮和斯特凡来到这里坐坐这把长椅，对父母的思念会变得格外的实在和别样；而别的如我这样的陌生人偶然路过这里，坐坐这把长椅，会想起这样两个孝顺的孩子，和他们一起把这个思念一起付与河边绿树摇曳的清风中。

后来，我发现，在达拉威尔河边和它旁边的运河两岸，到处是这样的椅子，椅背上都钉有这样的小铜牌，捐助者通过这把普通的长椅，寄托着他各种各样的感情，有对逝去的亲人的怀念，有对新婚夫妇的祝福，有对金婚银婚老人的祝贺，有对远方朋友的牵挂，有对尊敬老师的感激，有对儿时伙伴的问候，有对子女孙辈的心愿……普通的长椅，忽然变得不普通起来，仿佛成为盛满缤纷鲜花的花篮，盈盈盛满了这样芬芳美好的祝福；或者像是我们乡间古老的心愿树，枝叶间挂满人们各式各样心愿的红布条。那些平常看不见摸不着的各种情感，有了这样一把椅子的承载，一下子变得丰盈而别致，可以让人触手可摸了。

当然，人们表达情感，有许多方式，如今流行的是手机短信和贺卡。在美国的商店里，卖贺卡的专柜都非常丰富多彩，花哨而多样，分门别类，细致入微，如同手机短信一样早就替你设计好了各种各样的感情抒发，光是给孩子的，就分男孩女孩，从刚出生到一至十二个月、一岁、两岁，一直到十几岁，各种图案，不同祝词，应有尽有，供你按求所需。这样的感情表达，似乎已经程式化、格式化，远不如河边的椅子这样情感表达得那么朴素，而且又和大自然融为一体。

后来，我发现并不仅仅在河边，在很多地方，包括小镇，也包括城市，在公园，在路边，在博物馆的花丛中，都有这样的椅子和我不期而遇。椅背上小小的铜牌，像是从椅子上开出的一朵朵金色的小花，喷吐着那些我永远也不会认识的陌生人的各种情感。虽然，人是陌生的，但那些情感却是熟悉的，是亲切的，是放之四海而皆准的。

　　在陌生的地方，每逢发现这样的椅子，我都要暗暗地惊喜一番，都要在椅子上坐一会儿，细细品味一下捐助者通过这把椅子所要表达的情感，然后猜想着他们长得是什么样子，想象着他们会不会常常来看看这把椅子，就像常常来看望他们的亲人或朋友一样，"坐开桑落酒，来把菊花枝"，虽然恬淡，却明净清澈，宁静致远；还是他们像寄送贺卡一样，随手抛掷，时过境迁之后就忘掉了，然后再如法炮制，派送新的一张贺卡？

　　我不知道美国人如何对待这样的椅子，我对这样的椅子充满感情和想象，以为这样的情感表达方式，在感情实际已经日趋淡化和形式化的现代社会，是一种朴素而低调的方式，虽不可能完成对于人们感情的救赎，起码可以让我们回归质朴一些的原点上。

医院的另一种功能

　　■■■■　那天黄昏，我去普林斯顿大学的附属医院，医院在普林斯顿老镇的西头，很新的一幢大楼。门口有一条这里常见的防腐木长椅，上面坐着一个戴黑礼帽的老太人，旁边放着一个轮椅，一位身穿白衣脖子上吊着听诊器的男医生，正躬身向老太太说着什么。起初我以为是真人，走进一看，原来是雕塑，心想医院门前有这样别致的雕塑，真不多见。

　　走进医院，走廊蜿蜒，通向各个诊室和病房。两边的墙壁上，让我叹为观止的是，竟然挂满了一个个的画框，镜框里面装裱着琳琅满目的绘画作品，全部是真品。这确实让我惊讶，根本没有想到。在有些医院里，倒是常见一些印刷品的宣传画，也有挂几幅美术作品的，甚至是凡·高的名画《向日葵》，但都是复制品，纯粹作为装饰点缀用的。而这里却像是一个美术展览的画廊。也许是少见多怪，我还真没有见过哪一家医院的走廊里，满满堂堂地陈列如此丰富的画作。

　　我凑近观看，每幅画作下面或旁边，都有一方小纸卡，写着作者的名字，都是一些陌生的名字，和那些美术馆里见到的名画相比，显得稚嫩，甚至差距霄壤。但再仔细看，纸卡上还有一行小字，是对作者简单的介绍，才忽然醒悟，原来这些画全部都是残障人的作品，每一行小字都介绍他们的病情，或小儿麻痹，或先天智障，或车祸伤残，有的已经治愈，有的尚在治疗，有的则是无法根治。无论哪一个人，他们在绘画方面所呈现的天才，都与常人无异，甚至那样的富于天才；而且，他们对于生活的热爱，对于世界的关注，对于未来的向往，更是和我们常人一样，所有的感情，或细腻，或奔放，或抽象，或形象，墨渍水晕，色彩淋漓，渲染在我的面前，让我能够敏感地触摸到他们怦怦跳动的心。

　　这让我不敢小觑，为刚才以为和那些名画有霄壤之别的感觉而羞愧。他们这些画作所表现的心情与情感，是那些名画所不能比拟的。它们让我看到了这个世界上存在的另一种美术，这种美术别具特色和异质，并不因为作者残障而逊色，相反别有一番滋味在心头，那些色彩线条、画面和意境，因此具有一种与之俱来的魅力和震撼力。我想起去年在前民政部部长李宝库先生的办公室里，看到的两小幅油画，都是他专门收藏的残障人的画作；也想起前两年看过的一本美国人写的书，忘记了作者的名字，这位可敬的美国人专门搜集世界各地残障画家的作品并进行研究。在当今艺术中，这已经成为一门新领域。

　　普林斯顿大学附属医院，为这些残障者的画作专门提供展览，和他们的心思是相同的。如果说那些画作体现的是自身的意志和才华，那么，医院体现的则是爱心和责任。对于弱者的态度，往往体现人们乃至整个社会的一种精神态度和维度。关于医院，这一点对残障者，是和对患者救死扶伤同等重要的承当和意义。特别是当我知道这里陈列的所有画作，一部分是作者的捐赠，其余全部都是医院出资购买的。实在没有想到医院居然还有这样的功能，对于医院这样富有艺术眼光和气质的善举，我从心里充满敬意，联想门外的那别出心裁的雕塑，便觉得一点儿也不意外了。

　　我仔细看完每一幅画作，那些油画、水彩、水粉、剪贴、雕塑，特别是一幅大提琴手和海上风景的水彩画，还有用各种材料组装起的一只如我们的凤凰一样的神鸟浮雕，一幅用各种树叶拼贴成一个可爱小姑娘的艳丽拼贴画，实在比我们一般常人还要心灵手巧，才华横溢。真的，我们并不比他们强到哪儿去，甚至不如他们。

　　走出医院，满天繁星怒放在头顶瓦蓝的天空。陌生而遥远的普林斯顿，因有这样的医院，有这样的画作，而让我有种说不出的感动。并不是每天夜晚的天空都会出现星星，这样不期而遇的情景，是我的缘分，也是我的福分。

塔夫特夫人的选择

在美国的城市里，辛辛那提不算大，却一直以为是座富有艺术气息的城市。对我而言，不为它有驰名世界的辛辛那提交响乐团和那古老而美丽的音乐大厅，更为它有家私人美术馆，给这座城市提气，为这座城市平添一抹异样的艺术色彩。

这座美术馆叫作塔夫特（Taft）。它坐落在辛辛那提第四大街附近派克街316号。离俄亥俄河很近，是一座漂亮轩豁的别墅。展厅在二楼，从二楼的咖啡厅可以步入宽敞的露台，从露台可以下到一层花木扶疏的花园。作为私家美术馆，它的规模足可以和巴黎一些大都市里的私家博物馆相媲美。

引我慕名而来的主要原因，是美术馆的主人安娜·塔夫特夫人。她是辛辛那提历史上第一位百万富翁塔夫特先生的独生女，从父亲那里继承下万贯家财，按照我们现在的说法，属于"富二代"。她完全可以过一种贵妇人的生活。看美术馆里陈列着的她的雕像和油画肖像，雍容富贵，真有贵妇人的容颜和姿态。她不仅是"富二代"，而且是"白富美"级别的，美貌无形中也为她锦上添花。她的丈夫是位毕业于哥伦比亚大学法学博士的律师，收入不菲，家境也很富有。那么多的钱怎么花，是摆在所有"富二代"面前的一道人生课题。她对她的丈夫说，与其我们拿钱去投资股票或置办房产，不如用来投资艺术品。她的丈夫欣然同意。

他们一共拥有十个孩子，他们没有把钱给孩子们，却开始了艺术品的收藏。当收藏到一定规模的时候，他们没有把这些藏品送到拍卖会上，让其金钱的数字翻着跟头地上涨，而是将这些价值连城的藏品外加把自己住的别墅一并让出来，辟为了美术馆。

1931年，安娜·塔夫特夫人去世。1932年，美术馆在这座1820年建成的老建筑里正式对外开放。

在美术馆展览手册上，有一幅他们的全家福像，旁边写着这样一段话："欢迎来到我们的家，也是你们的家。这个HOUSE，这些艺术，属于你们，如果换一个视角来看，你们会有新的发现。"这就是塔夫特夫人和他们全家创建这座美术馆的意图，或者说是他们的心愿。当然，也是他们为那些万贯家私和自己心的归宿的一种选择。

这种选择，让我感动，值得尊敬。并不是每一位"富二代"都能做出这样的选择。我们看到的一些"富二代"，更多的是如塔夫特夫人所说的那样，愿意选择投资股票和房地产，还有不少则愿意投资可以赚钱的喧嚣的餐馆酒店会所或影视，甚至可以一掷千金地胡作非为，花天酒地，醉生梦死。如塔夫特夫人一样愿意拿自己毕生的财富投资艺术品并创建美术馆，不为自己独自鲸吞，而让更多人一起分享，为社会服务，是非常少见和难得的。

二楼的十四个房间，成了展厅。藏品很丰富，甚至有的藏品比我们一些国家博物馆还要丰富。比如，它的美术作品，从17世纪到20世纪，包括了伦勃朗、英格尔、特纳、科罗、卢梭、米勒的珍贵油画。其中美国早期著名印象派画家詹姆斯·惠斯勒（James Whislter）的代表作《钢琴旁》，成了镇馆之宝。还有一位辛辛那提本土画家弗兰克·杜韦内克（Frank Duveneck），他是辛辛那提美术的奠基人，他画的那幅有名的辛辛那提少年的油画也收藏在这里，如今被画成巨幅壁画，在辛辛那提的街头顶天立地，成为辛辛那提的标志和骄傲。

它的藏品另一个打眼之处在于中国瓷器，从唐代到清代，琳琅满目，每一个展厅，甚至走廊里，都在摩肩接踵密集地陈列着，真有些乱花迷眼。其中清康熙年间的瓷器尤为多，不少是在中国少见的外销瓷，外形和色彩都有些古怪，有些替洋人做审美想象的东方意识。还有一个打眼处，便是很多展厅里都陈列着塔夫特夫妇的画像和雕塑，都是左右对称的匹配，仿佛依然蝶双飞一样在出双入对。看这些雕塑和画像，丈夫风流倜傥，夫人风姿绰约，会不会多少有些是画家雕塑家对他们的美化？马上又打消了自己这个小心眼儿的猜想，应该是对他们的敬意，难道不应该为他们的这种选择而心怀敬意和感激吗？

还值得一提的是，这里每年都会从世界各地请来一些展览，作为自己的特展。这一点，和正规的美术馆一样，成了必备和必须。今年它便有五次特展，我来到这里，赶上的是美国早期摄影作品展，都是19世纪中期的作品，被镶嵌在项链坠、首饰盒或小型镜子里，成了艺术，也成了历史。当然，这是需要花钱的。我们的美术馆常常也有一些莫名其妙的特展，不知是什么人的画和字，都可以堂皇入室摆在那里，是为美术馆挣钱的。选择就是这样的不同，不仅仅止于"富二代"的选择。

城市的想象力

在美国中西部，圣路易斯比芝加哥的历史要久，规模也大，号称"西部之门"。可看的地方很多，比如密西西比河畔著名的拱门、城西世博会遗址开辟的比纽约中央公园和芝加哥林肯公园还要大的森林公园、获得美国城市设计大奖的市中心的城市花园等。但我选择的是城市博物馆。是专程慕名前往。为了一个叫作罗伯特·卡西里（Robert Cassilly）的人。

起初，我不明白为什么卡西里把这个地方命名为城市博物馆。它离市中心很近，是一座十层大楼，现在开放的是一至四楼和顶层的露台。这里完全是一个儿童乐园，但和诸如迪斯尼乐园等儿童乐园完全不同的是，除露台上有一个旋转轮盘的大型电动游乐项目外，没有一点儿高科技的影子，楼上楼下，脚前脚后，遍布洞口，你可以随意从任何一个洞口进去，在斗曲蛇弯的洞中钻来钻去，不知会从哪一个洞口钻出来，眼睛一亮，别有洞天。很可能是一个新的楼层，也可能是一个新的游乐场，也可能是一个长长的滑梯，坐上去载你滑到别处。大楼的天井，被充分利用，变成了一个神秘的山峰，里面布满纵横交错的暗道机关，可以看到传说中的神女和动物雕塑，在迷离灯光下闪烁着诡异的光；也可以通向不同的楼层，替代了格式化的升降电梯。

到处可以看到孩子们止不住的笑脸，到处可以听到孩子们惊异的尖叫。简直就像迷宫，就像地道，地道全都是用结实的钢丝和钢管组成，孩子们，也有好奇的大人，在幽暗的洞中爬行，像鼹鼠挖洞，像泥鳅钻沙，带给人的乐趣，和高科技的游乐场完全不同，是一种全新的体验。说其新，是因为你完全靠自己的手和脚感受意想不到的新奇，那种感觉，有点儿像走进童话中神秘的森林，或阿里巴巴探宝的芝麻开门关门的山洞。

所有这些创意，都来自于罗伯特·卡西里。他就是想用最朴素的方法，甚至是工业时代最原始的方法，创造电子时代现代科技所不能带给孩子们的乐趣。

不过，这只是卡西里的初衷之一。在注意到这些洞口和地道之外，必须注意到各层楼的空间所陈设的东西，你才会明白他为什么把这里叫作城市博物馆。大厅里所有的柱子都被重新包裹。包裹的材料五花八门，有碎瓷片，有废钢管，最新奇也最漂亮的是电子排版早就不用的铅板字母和图片磨具。柱子焕然一新，是我在别处完全没有见过的最神奇的柱子。大厅里还有残缺的大理石雕像镶嵌成过廊的门框；吊车吊着废矿石，立在水池边成了新颖的装饰；老式的旧壁炉变成冰激凌小卖部的窗口；破旧的钢琴任人弹奏别人永远听不懂的音符……所有这些东西，都是卡西里从城市收集来的。其中最醒目的是一架管风琴立在客厅正中，成为孩子照相的好道具。那是卡西里从纽约一家老剧院里收购来的废弃不用的老古董。

看到这一切，你才会多少明白卡西里心底的愿望。所有这一切在城市现代化进程中被废弃的东西，也就是我们常说的可以送进垃圾场的废品，在这里都焕发出新的色彩和活力，被重新定义而有了艺术的魅力。这就是为什么卡西里把它称为城市博物馆的理由。在这里，孩子们可以尽情玩耍，也可以看到城市发展过程中所遗留下来的轨迹，就像风飘过后留下一缕并未过时的清凉。

卡西里是一位城市雕塑家。但是，他不是那种非常出名的雕塑家。在美国，他的名气远远赶不上理查德·塞拉（Richard Serra），他的雕塑也赶不上塞拉的雕塑大气磅礴，占据城市要津。尽管在纽约曼哈顿游乐场有他的河马，达拉斯动物园有他的长颈鹿，圣路易斯街头有他的乌龟和蝴蝶，但这些雕塑只是一些动物小品。因此，他不是那种发了大财的雕塑家。1983年，他买下了这幢大楼，原来是一家制鞋公司。圣路易斯是最早靠贩卖毛皮起家而建的城市，因当年皮鞋制造业成为美国重镇。随着时代的发展，皮鞋制造业沦落，工厂和公司门可罗雀，他以每平方米约0.064美元的价格，很便宜买下这幢23000平方米的大楼。买下它，就是想把它改造成为一个公共空间。难能可贵的是，卡西里不像我们有些雕塑家和画家，腰缠万贯之后，想到的只是扩大自己的私人空间，企望的是别墅或以自己名字命名的美术馆之类。当然，这没有什么不对，只是和卡西里相比，艺术的空间和心灵的空间不同罢了。

一时卡西里没有想好把它变成一个什么样的公共空间。他希望别出心裁，这考验他的想象力。一直到1995年，他想好了建这个城市博物馆，他请来了二十位和他志同道合的艺术家一起参与了这个博物馆的建设。他不是那种只出钱不出力的主儿，而是身体力行，事必躬亲。奋斗两年，1997年，城市博物馆正式开张，免费对公众开放。

有意思的是，从开放之始，博物馆并未完全建成，一直到现在，十层大楼只完工了四层。在大门之外，依然可以看到堆满各种建筑材料和从城市收集而来的废旧物品。一切都还处于现在进行时态。卡西里十四岁开始迷上雕塑，常常逃学跟一位雕塑师学艺，后来他游学欧洲，我猜想他一定是受到了西班牙建筑艺术大师高迪的影响，高迪在巴塞罗那的神圣家族大教堂和居埃尔公园，建了一百多年，还在建设之中。而且，我在一楼和二楼的餐厅里，看到座位和柱子都是用彩色瓷片和各种贝壳装贴成爬虫等动物图案，色彩极绚丽，和高迪的居埃尔公园里座椅和柱子那种古摩尔式的变种图案非常相似。可以看出卡西里的借鉴能力，帮助他完成他对城市的想象。在这里，他希望更多的人和他一起对这座他的故乡城市增添一些想象力，这种想象力，不是那种我们通常渴望的私人居住的建筑面积和使用面积，而是想象它返璞归真的童趣和美好，以及无限伸展的可能。所以，在这里，一切城市的废旧物品都被他点石成金，成为艺术。

城市的想象力，其实是人的想象力。人的想象力，其实是心的美好与纯真无限的可能性。

卡西里说："到城市博物馆转转，让你引起求知的欲望，不是要求你知道它们背后的知识，而是让你惊讶，哦，太神奇了！如果是神奇的东西，就值得保存下去。"他说得很朴素，这是他的审美观，也是他的价值观。

　　很遗憾，城市博物馆开张五年后，即2002年，开始收费了，每张门票12美金。这并非卡西里的愿望，实在是无力坚持。因为进行中的一切都需要钱。而且，2000年，卡西里收购了圣路易斯城北的一片混凝土工地，他想把那里改建成一个城市艺术的新的公共空间，为大众服务。可惜，2011年，他在那里开着推土机干活时摔下山，不幸身亡。

　　在城市博物馆，我在各个角落里寻找有关卡西里的介绍。按照我们惯常的思路，他出钱出力乃至付出生命寄托着他对这座城市的爱和梦想的地方，怎么也该有他的一点痕迹。最后，只是在一楼玻璃墙的一块玻璃砖上看到他的一张不大的照片，下面有两行小字，一行写着他的名字和生卒年月：1949—2011；一行写着：城市博物馆艺术总监。

辑 四：
谁等待盛装出场的未来

悲欢离合一杯酒，南北东西万里程，沉淀在我们酒液里的和融化在我们脚步中的，都是这样一点一滴播撒和积累下的善，让我们在感动别人的同时，也被别人所感动着，从而形成一泓循环的水流，滋润着我们哪怕苦涩而艰难的日子，帮助我们度过了相濡以沫的人生。

——《你还能够感动得流泪吗》

偶尔会出去画画写生

肖复兴画作：谁等待盛装出场的未来

谁等待盛装出场的未来

很少听流行歌曲了。也不是一点儿没听，听到的，有的词不错，曲不行；有的曲不错，词太水。难有词曲咬合，水乳交融，让人心里为之一动的。

偶然间，听到北京电视台跨界演唱里王珞丹和朴树合唱的一曲《清白之年》，如莲出清水，月开朗天，吹来一缕酷夏里难得的凉爽清风。两位演唱，站在台上，一个握着话筒垂肩颔首，一个抱着吉他不动声色。一曲唱完，没有多余的动作，像一幅没有一处败笔的工笔画。不像眼下一些歌手选秀大赛，恨天怨地、动作夸张，似乎流行歌曲就必须龙腾虎跃，搔首弄姿。

他们的穿着也很朴素，一个白衬衫，蓝裙子，一个白T恤，蓝裤子，和《清白之年》很搭。曾经在电视里看到歌手那英和陈奕迅一起演唱一首歌，各自穿的衣服肥肥大大，尤其是袖子宽大得如同各自挥舞着牛魔王的芭蕉扇。歌唱会毕竟不是时装台。除了服装，如今歌手选秀大飙高音，甚至海豚音，似乎唱歌就像卖东西，谁吆喝的嗓门儿高谁的就好。朴素的装束，朴素的声音，和朴素的唱风，一起在沦落。我们似乎已经不会静静地，好好地唱歌。其实，鲍勃·迪伦也常常只是抱着一把吉他静静地唱歌的。

《清白之年》让我心里感动，是它没有追逐那些轻薄的时髦。它的曲风和歌词，都清澈如一潭绿水，却能静水流深，映彻云光天色。歌里唱道："我情窦还不开，你的衬衣如雪。盼望着白杨树叶落下，眼睛不眨；心里像有一些话，我们先不讲，等待着那将要盛装出场的未来。"写得不错，唱得更好。尤其是"盛装出场的未来"那一句，透露出朴树的才华。谁在年轻的时候，心里没有一个"盛装出场的未来"呢？那是一种美好的向往，或者是一个憧憬和梦想。这个"盛装出场的未来"，只有青春时节衬衣如雪，只有白杨树叶纷纷落下，才和它遥相呼应，背景吻合，将写意的心情和线性的时间叠印交织。它才会不时地隐约出现，如惊鸿一瞥，魅惑诱人；如青蛇屈曲随身，又咬噬在心。

当然，如果这首歌唱的只是这些，尽管有一个"盛装出场的未来"句子，也只是一道漂亮的彩虹，会瞬间消逝。幸亏它还有下面的歌唱："数不清的流年，似是而非的脸，把你的故事对我讲，就让我笑出泪光。""就让我笑出泪光"，不算是朴树的水平，但"老眼厌看南北路，流年暗换往来人"那些似是而非的脸之后，还愿意倾听"你的故事"，一丝未散的温情之中，多了几许无言的沧桑。

接下来，他们唱道："是不是生活太艰难，还是活色生香，我们都遍体鳞伤，也慢慢坏了心肠。"舒缓而轻柔的吟唱之中，唱得真是痛彻心扉。在我们司空见惯的怀旧风里，蓦然高峰坠石，即使没有砸到我们，也会让我们惊吓一阵。这句词是崔健在《新鲜摇滚》里唱的"你的激情已经过去，你已经不是那么单纯"的变奏，比崔健唱得更加锐利——"不再单纯和坏了心肠，一步跨过了一道多么宽阔的河"。这是这首歌的核儿，一枚能够扎进我们心里的刺，看谁敢正视，看谁又敢拔出。

《清白之年》，在这里才显示出题目之中"清白"二字的尖锐意义。有了这句歌词，让这首歌变得不那么千篇一律的庸常。只是结尾收得太稀松平常："时光迟暮不再，一生不再来。"但收尾的笛子吹得余音袅袅，替他们弥补了许多。

这首歌，延续的是老狼的校园民谣一脉，有意思也有意义在于，它不再仅仅囿于校园回忆的云淡风轻，和时过境迁怀旧的惆怅和忧郁，而有了事过经年对现实的无奈，还有难得的对自己的批判。这便让这首歌成为朴树自己也成为校园民谣那一脉的延长线，成为一代人的青春祭。

《清白之年》，让我想起作家张承志写过的一篇散文，题目叫作《清白的精神》。相同之处，在于他们对于清白的刻意的恪守，以及向往和追求；不同之处，在于他们一个更偏重于过去，一个更偏重于现在；一个更在于自身的经历，一个更在于自身的精神。

听完这首歌之后，我在想，王珞丹和朴树唱完之后，还会一身衬衣如雪，"再等待着那将要盛装出场的未来"吗？或者说，还会相信那曾经期待并等待的未来能够盛装出场吗？

我们自己呢？

谁能为一只小鸟下跪

　　我只知道，为了自己的过失或罪行而下跪的，在历史上有这样的两个人：一是遥远的古罗马的哲学家奥古斯丁，他因为自己不能忘情于情欲，不能割舍掉世俗，自责而忏悔，痛苦而羞愧，扑倒在自己寓所的花园里，失声痛哭地在一棵无花果树下跪下；一是德国前总理勃兰特，在其访问波兰时，因为自己的国家和民族发动第二次世界大战，在波兰建造惨无人道的奥斯维辛等集中营，给波兰人民造成了巨大的灾难和痛苦，他在波兰的第二次世界大战犹太人死难纪念碑前下跪。

　　我不曾知道，还会有人只是为了一只小鸟而下跪。

　　但是，确实有人为了一只小鸟而下跪。

　　是几年前，在澳大利亚举行的温布尔登网球的公开赛中，一只小鸟突然飞进正在激烈比赛的赛场，非常不凑巧，简直就像是一滴雨水正好掉进了瓶子里一样，被击打得飞速腾空的网球，正好打在小鸟的身上，小鸟当场落地身亡。击中小鸟的那位运动员（可惜我不知道他的名字），立即终止了比赛，走到小鸟的身旁，当着那么多观众的面，为自己的这一过失，虔诚而毫不犹豫地跪倒在这只小鸟的前面。

我非常为这位运动员而感动。在我看来，虽然一只小鸟和无数因战争无辜而死的人无法相比，但是，它和他们在生命的价值和意义上是相同的；虽然无意而偶然伤害一只小鸟和有意而泛滥的过错也无法相比，但是，它和他们在生活中过错的结果和本质是相同的，它和他们衡量我们道德的尺度和分量也是相同的。

在我们的生活和内心中，谁都会有意或无意地发生这样或那样的闪失过错，这并不奇怪。无论什么样的闪失或过错发生了，我们能够真诚地责问自己，忏悔自己，便是一个有高尚道德感和高贵情感的人。可惜，如今许多人类高尚而高贵的道德和情操，已经几乎被我们用自己的手斩尽杀绝。情操的高贵，逐渐被物质价格和包装的昂贵在偷梁换柱；道德的高尚，更是被污浊和卑下理所当然和公然地所替代。

所以，在现实面前，诸如假冒伪劣的盛行，全村人明目张胆地造假而没有丝毫的羞耻感和罪恶感，已经是见怪不怪的事情，没有一个人为此而羞愧，就更谈不上忏悔了。至于那些拿着并不干净的行贿或受贿的钱的各等大小官僚，并没有感到沉甸甸地烫手，并为自己的良心而羞愧忏悔，便更是习以为常的事情了。甚至在街头巷尾，为了一点小事而鸡吵鹅斗乃至大打出手的事情；在日常生活，文过饰非、推诿过错、乃至嫁祸于人，我们更是能够常常看到，却很少能够见到其实可能有我们自己的过错在里面，只要我们能够稍微检点一下，敢于承认，敢于改正，漫不要说什么下跪，只需要将昂得高高的头稍稍地垂下，简单地说一句对不起，便很容易就化干戈为玉帛。但是，我们已经失去了这样的一点勇气、约束力和廉耻之心。

我们怎么可以去为一只小鸟而下跪？

我们常说要与世界接轨，在北京举办的被称之为"三高"的高规格、高水平、高奖金中国网球公开赛，正在全面和温布尔登网球公开赛接轨，一起成为世界级的赛事，做到这样一点，并不难。但是，做到能够像温布尔登的那位为小鸟下跪的运动员一样，我们还有着太遥远的距离。

我们常说，我们有着悠久的文明历史传统，我们的古人早就留传下这样的教诲：勿以恶小而为之，勿以善小而不为。还有这样的教诲：以小善为无益，以小恶为无伤，凡此皆非所以安身崇德也。如果我们真正秉承了这样的传统，听从了这样的教诲，我们本可以和温布尔登的那位运动员一样，是可以也为一只小鸟而下跪的。可惜，我们中的有些人已经失去了这样的古老的安身崇德的教义和传统。甚至可以将许多沉重的过失和硕大的罪恶都变得"五岳倒为轻"，我们从来不缺少大事化小、小事化了的本事，我们怎么还能够具有"润物细无声"的心态和自我的道德约束力，去斤斤计较小善或小恶并以为那其实是关系着我们的安身崇德呢？

看来，如今谁还能够为一只小鸟下跪，是值得问一问我们自己的问题。

你还能够感动得流泪吗

有一天，俄罗斯著名的油画家列维坦独自一人到森林里去写生，当他沿着森林走到一座山崖的边上，正是清晨时分，他忽然看到山崖的那一边被初升的太阳照耀出他从来没有见到过的一种美丽景色的时候，他站在山崖上感动得失声大哭而泪如雨下。

同样，德国的著名诗人歌德，有一次听到了贝多芬的交响乐，被音乐所感动，以至泪流满面。另一位俄罗斯大文豪托尔斯泰，在听到柴可夫斯基的第一弦乐四重奏第二乐章如歌的行板之时，一样被音乐感动得热泪盈眶。

无论是列维坦为美丽的景色而感动，还是歌德和托尔斯泰为动人的音乐而感动，他们都能够真诚地流下自己的眼泪。如今，我们还能够如他们一样会感动，会流泪吗？

提出这样的问题，是因为我们现在面对世界的一切值得感动的事情，已经变得麻木，变得容易和感动擦肩而过，或根本掉头而去，或司空见惯得熟视无睹甚至铁石心肠。我们不是不会流泪，而是那眼泪更多是为一己的失去或伤心而流，不是为他人而流。

回答这样的问题，首先要问列维坦、歌德和托尔斯泰，为什么会被仅仅是一种客观的景色、一种偶然的音乐而感动？那是因为他们的心中存有善良而敏感的一隅。感动的本质和核心是善，失去或缺少了内心深处哪怕尚存的一点点善，感动就无从谈起，感动就会如同风中的蒲公英离我们远去。

所以，我说：善是感动深埋在内心的根系，只有内心里有善，才能够长出感动的枝干，而因感动而流下的眼泪，只是那枝头上迸发开放出的花朵。

内心里拥有善，才会看见弱小而感动地自觉前去扶助，才会看见贫穷而情不自禁地产生同情，才会看见寒冷而愿意去雪中送炭。善是我们内心最宝贵的财富，是我们民族历史中最应该珍惜的传统，是我们彼此赖以生存和心灵相通的链环。悲欢离合一杯酒，南北东西万里程，沉淀在我们酒液里的和融化在我们脚步中的，都是这样一点一滴播撒和积累下的善，让我们在感动别人的同时，也被别人所感动着，从而形成一泓循环的水流，滋润着我们哪怕苦涩而艰难的日子，帮助我们度过了相濡以沫的人生。

在一个商业时代里，有的人迅速发财致富，富得只剩下了钱，可以去花天酒地，一掷千金，却唯独缺少了善，感动自然就无从谈起。虽然，感受和感动只是一字之差，感受可以包括享受在内一切物质的向往和欲望，感动却是纯粹属于精神范畴的活动。因此，感受是属于感官的，感动是属于心灵的。感受是属于现实主义的，感动是属于浪漫主义的。

所以，有的人可能自己依旧不富裕，但内心里依然保存着那祖传下来的一份善，将如今已经变得越发珍贵的感动保留在自己的内心，他的内心便是富有的，如一棵大树盛开出满枝的花朵，结出满枝的果实。

在一个商业社会里，貌似花团锦簇的爱，很容易被制作成色彩缤纷的各种商品，比如情人节里用金纸包裹的玫瑰，或圣诞节时以滚烫语言印制的贺卡，以及电视中将爱夸张成为卿卿我我不离嘴的肥皂剧，有时也会让你感动，那样的感动是虚假的，如同果树上开的谎花，是不结果的。而在这样的商业社会里，善是极其容易被忽略和遗忘它存在的重要性和必要性。因为善不那么张扬，不像被涂抹上猩红的嘴唇，抒发出抒情的表白。善总是愿意默默地，如同空气一样，看不见却无时不在你的身旁才对。因此，感动，从来都是朴素的，是默默的，是属于一个人的，你悄悄地流泪，悄悄地擦干。

有时候，善比爱更重要，或者说没有了善便也就没有了爱。设想一下，如果心里稍稍有一点点的善，还会有那么多致人死命的假药假酒，以及地下窝点的鞭炮和小煤窑的瓦斯爆炸吗？还不要说如今遍地都是的假冒伪劣的其他产品，为了多赚几个钱，连炸油条都要用恶心的地沟油，卖螃蟹也要塞进几只死的。这样的事情越来越多地包围着我们，我们的感动当然就一点点被蚕食了。善没有了，感动也就成为无本之木，那样的荒芜，该是一个多么可怕是事情。

再说一句，善，一般是和"慈"字连在一起的。慈善，慈善，是一种值得敬重的美德。慈善事业，是一种积德的美好事业。慈者，就是爱的意思，古书中说："亲爱利子谓之慈，恻隐怜人谓之慈。"在家者，为之慈母、慈父、慈子；在外者，则为之慈善。我们不可能只待在窄小的家里，我们都需要推开家门走到外面去，我们便都需要为别人播撒爱和善的同时，也需要别人为我们播撒爱和善。爱和善，就是这样紧密地联系在一起，繁衍着人类的生存，绵延着爱的滋润。而真正的感动就是在它们的根系下繁衍不绝的。世界上爱和善越来越多，被我们感动的事情就越来越多。

伟大的音乐家贝多芬曾经说过："没有一颗善良的灵魂，就没有美德可言。"没错，善是我们不可或缺的美德，感动就是我们应该具有的天然品质。或许，感动而泪落如雨，显示了我们人类脆弱的一面，却也是我们敏感善感而不可缺少的品质。我们还能不能够被哪怕一丝微小的事物而感动得流泪，是检验我们心灵品质的一张"PH试纸"。

绿色的林荫路

世上的路有许多。平坦的大道、花开的小路、鹅卵石铺就的曲径、霓虹灯闪烁的商街……都无法与林荫路相比。

林荫路，阳光被树叶过滤就是绿色的；月光被树叶吹拂是摇曳的；风吹进来，夹有树木和泥土的清新；而且，还会有鸟鸣，啁啾的歌唱，和林子一起遮挡住人世的喧嚣和纷扰。

林荫路，是大自然为繁华却也嘈杂的城市专门创造的清洗带。

常想起林荫路。因为我们城市的高楼大厦和立交桥建得越来越豪华，却越来越忽略建设或有意无意破坏这样的林荫路。

林荫路，便越发让人向往。能在这样幽静而没有城市喧嚣声沸腾的林荫路上散步，已经是我们一个过于奢侈的梦。

达尔文晚年居住的汤恩家旁，有一条林荫路，两边长满茂密的印章树、桦树、黄杨和橡树，浓荫匝地，清新宜人。这条林荫路，被达尔文自己称之为"散步道"，他每日都要走上好几个来回，背后跟着他那条叫波里的忠实的狗。这时的达尔文充满童趣，他要在林荫路上堆起一堆石子，每走一次踢走一块石子，一直到走累为止。如果孩子在时（达尔文曾有六男四女，十个孩子），他会和孩子一起玩耍，解答孩子提出的问题，林荫路上飘散着欢快的笑声。如果是他独自一人，他通常要观察这里的鸟和小动物，小松鼠会毫不犹豫地跳到他的身上，急得树上的母松鼠吱吱乱叫。有时候，达尔文还能看见狐狸倚在树下打盹，林荫路上弥漫着童话的色彩。

卢梭晚年虽然孤独凄清，巴黎郊外的林荫路却曾陪伴他八年的时间，他经常在林荫路上散步。罗曼·罗兰说他"像一只衰老的、悲鸣的夜莺在寂寥的林中发出低低的奏唱。"林荫路，给他安慰，让他缅怀，令他沉思绵绵、遐想悠悠。如果没有林荫路上的散步，他不会写下那本有名的《一个孤独的散步者的遐思》，他悲鸣的奏唱也变不成深邃的文字。

林荫路，给了卢梭人们所不能给予他的欢乐，还在于他能够在林荫路上，或通过林荫路到附近的田野和树林采集到他晚年钟爱的标本。这样植物标本的采集，这样林荫路与生命的追随，一直到卢梭逝世为止。在上述的那本书中，他曾这样写道："1776 年 10 月 24 日星期四，午饭后，我沿着林荫路径直走到谢曼韦街……"他意外发现了极为罕见的开着黄花的毛莲莱、镰叶柴胡，和开着白花的水生卷耳草，他竟独自一人"在那儿乐了好一阵子"。还是在这本书中，他写道："我只有在忘掉自己时才更韵味无穷地进行默思和遐想，并感到那莫可名状的欣悦和陶醉，可以说，我融化到万物的体系之中，与整个大自然浑然一体了。"

如今，还能够找到像达尔文和卢梭遇见的这样美妙的林荫路吗？还能够看得到小松鼠和红狐狸吗？还能够看得到毛莲莱和卷耳草吗？还能够找到那种弥漫的童话的色彩吗？还能够找到那种与大自然浑然一体的感觉吗？

那一年春天在青岛八大关，一条林荫路上樱花如雪盛开，一对披戴婚纱的新郎新娘，正向林荫深处走去，突然，新郎一把抱起新娘，林荫路送他们一树树花影缤纷。路的尽头就是大海，当时心想，世界上还有这样漂亮的林荫路吗？

孤独的普希金

　　　来上海许多次，没有去岳阳路看过一次普希金的铜像。忙或懒，都是托词，只能说对普希金缺乏虔诚。对比南京路、淮海路，这里似乎可去可不去。

　　这次来上海，住在复兴中路，与岳阳路只一步之遥。推窗望去，普希金的铜像尽收眼底。大概是缘分，非让我在这个美好而难忘的季节与普希金相逢，心中便涌出普希金许多明丽的诗句，春水一般荡漾。

　　其实，大多上海人对他冷漠得很，匆匆忙忙从他身旁川流不息地上班、下班，看都不看他一眼，好像他不过是身旁的水泥电杆一样。提起他来，甚至说不出他哪怕一句短短的诗。

　　普希金离人们太遥远了。于是，人们绕过他，到前面不远的静安寺买时髦的衣装，到旁边的教育会堂舞厅跳舞，到身后的酒吧间捧起高脚酒杯……

当晚，我和朋友去拜谒普希金。铜像四周竟然了无一人，散步的、谈情说爱的，都不愿到这里来。月光如水，清冷地洒在普希金的头顶。由于石砌的底座过高，普希金的头像显得有些小。我想，更不会有人痴情而耐心地抬酸了脖颈，如我们一样仰视普希金那一双忧郁的眼睛了。

此时，教育会堂舞厅中音乐四起，爵士鼓响得惊心动魄。红男绿女进进出出，缠绵得像糖稀软成一团，偏偏没有人向普希金瞥一眼。

我很替普希金难过。我想起曾经去过的莫斯科普希金广场，在普希金铜像旁，即便是雨雪飘飞的日子，也会有人凭吊。那一年我去时，正淅淅沥沥下着雨，铜像下依然摆满鲜花，花朵上沾满雨珠，宛若凄清的泪水。有人在悄悄背诵着普希金的诗句，那诗句也如同沾上雨珠，无比温馨湿润，让人沉浸在一种美好的意境中。

而这一夜晚，没有雨丝、没有鲜花，普希金铜像下，只有我和朋友两人。普希金只属于我们。

第二天白天，我特意注意这里，除了几位老人打拳，几个小孩玩耍，没有人注意普希金。铜像孤零零地立在格外灿烂的阳光下。

朋友告诉我，这尊塑像已是第三次塑造了。第一尊毁于日军侵华的战火中，第二尊毁于我们自己手中。莫斯科的普希金青铜塑像屹立在那里半个多世纪安然无恙，我们的普希金铜像却在短短的时间内连遭两次劫难。

在普希金铜像附近住着一位老翻译家，一辈子专门翻译普希金、莱蒙托夫的诗作，在"文化大革命"中亲眼目睹普希金的铜像被红卫兵用绳子拉倒，内心的震动不亚于一场地震。曾有人劝他搬家，避免触目伤怀，老人却一直坚持守在普希金的身旁，度过他的残烛之年。

老翻译家或许能给这尊孤独的普希金些许安慰。许多人忘记了当初是如何用自己的手毁掉了美好的事物，当然便不会珍惜美好的失而复得。而年轻人漠视那段悲惨的历史，只沉浸在金庸或琼瑶的故事书里，哪里会有老翻译家那份浓厚的情怀，涌动老翻译家那般刻骨铭心的思绪？据说残酷的沙皇读了普希金的诗还曾讲过这样的话："谢谢普希金，他的诗感发了善良的感情！"而我们却不容忍普希金，不是把他推倒，便是把他孤零零地抛在街头。

我忽然想起普希金曾经对于春天的诅咒——

啊，春天，春天，
你的出现对我是多么沉重，
……
还是给我飞旋的风雪吧，
我要漫长的冬天的幽暗。

有几人能如老翻译家那样理解普希金呢？过去成了一页轻轻揭去的日历，眼前难以抵挡春日的诱惑，谁还愿意去在凛冽风雪中洗涤自己的灵魂呢？

离开上海的那天下午，我邀上朋友再一次来到普希金的铜像旁。阳光很好，碎金子一般缀满普希金的脸庞。真好，这一次普希金不再孤独，身旁的石凳上正坐着一个外乡人。我为遇到知音而兴奋，跑过去一看，失望透顶。他手中拿着计算器正在算账，很投入。他的额头渗出细细的汗珠。

再到普希金像的正面，我的心更像被猫咬一般难受。石座底部刻有"普希金（1799—1837）"字样，偏偏"金"字被黄粉笔涂满。莫非人们只识得普希金中的"金"字吗？

我们静静地坐在普希金塑像旁的石凳上，什么话也说不出来。阳光和微风在无声流泻。我们望着普希金，普希金也望着我们。

罗西尼牌牛肉

■■■■　　在音乐家之中，斤斤计较金钱的，罗西尼和理查德·施特劳斯，是最著名的两位。

在罗西尼时代，作曲家已经不再如巴赫和贝多芬那时穷困潦倒，曲谱能够立刻换来大把大把的银子，音乐同女人漂亮的裙子和男人剽悍的坐骑一样，成了畅销的商品。罗西尼就是这样把自己的艺术毫不隐讳地当成了商品的作曲家，他直言不讳地把自己的作品和钱画起等号。

两者交换的关系如此赤裸裸，不是会让艺术跌份吗？但他不怕。这和他童年艰苦的生活有关，他常常回忆起爸爸当年给人家当小号手时的卑贱，自己跟随妈妈的草台子剧团到处流浪的艰辛。钱对于他曾经是那样的渴望，因此当钱真的攥到手里的时候，罗西尼对钱的感觉和感情与众不同。

晚年，瓦格纳拜访他时，他忍不住对瓦格纳算过这样一笔账：他花13天写完了《塞尔维亚理发师》，拿到的头一笔稿费是1300法郎，合一天100法郎，而父亲那时辛辛苦苦吹一天小号的报酬，是区区两个半法郎。

不要责备罗西尼，那是他真情的流露。他很看重这一点，他念念不忘童年的悲惨经历，他要把那时的损失加倍地找补回来。他不是那种为艺术而艺术的音乐家，他绝不故作清高，他看重市场，因为这会给他带来好的效益。这一点，他像是一个在集贸市场上斤斤计较的小商贩。

我觉得这样说罗西尼并不会冤枉他。1816年，随着《塞尔维亚理发师》的走红，他已经彻底脱贫。但是，在1820年，28岁的他还是和比他大7岁的歌剧女演员伊萨贝拉结了婚。伊萨贝拉是当时他所在圣·卡洛歌剧院的首席女高音，爱上了他这样一个从肉铺和铁匠铺来的穷小子，是看上了他的才华，才不吝闻到了他身上的肉和铁屑混杂的味道；他看上的绝不是已经35岁衰退的姿色，而是她身后每年2万法郎的收入，而且还有一幢在西西里的豪华别墅。其实，那时的他已经并不缺钱，却还要肥肉添膘，他就如同一个暴发户一样，钱已经不仅仅是为了消费，而是成为一种占据自己心理空间的象征。

所以，罗西尼的后半生没有再写什么歌剧，而是整日里吃喝玩乐。他有的是钱，可以随意挥洒，以此来补偿童年的凄惨。

只是，他玩得并不那么高雅，有点像是今天我们见惯的土大款。他在波伦亚乡村养猪，采集块菰，还如我们国家一些歌手在北京开餐馆一样，在巴黎开了一家名为"走向美食家的天堂"的餐厅，他亲自下厨，练就一手好厨艺替代了当年作曲的好功夫，他吃得脑满肠肥，玩得乐不思蜀。

据说，当时他的拿手绝活是一道名为"罗西尼风格的里脊牛肉"，足以和他的《塞尔维亚理发师》齐名。当时流行的不再是罗西尼的音乐，而是他有关"罗西尼美食主义"的名言，他说："胃是指挥我们欲望大交响曲的指挥家。""创作的激情不是来自大脑，而是来自内脏。"想也许这就是罗西尼真实的一面，对这些匪夷所思的事情也不足为奇了，他怎么还能够拿起笔来再写他的歌剧呢？

在罗西尼的晚年，爱戴他的人们筹集巨额资金，准备在米兰为他塑一尊雕像，建一座纪念碑。他听到这个消息后说："只要他们肯把这笔钱送给我，我愿意在有生之年，每天都站在市场旁的纪念碑的石台子上。"

我想这绝对不是他的玩笑话，如果真的把钱都给了他，他是会站在那石台子上去的。如果有人肯再出一些钱的话，他甚至还会在那里整天卖他的罗西尼牌牛肉呢。

之所以想起了罗西尼牌牛肉，是因为这真的有点儿像我们今天有些所谓艺术家的一个隐喻。

学之五界

　　1943 年，京剧名伶余叔岩去世之后，有一位名为凌霄汉阁的剧评家，写了一篇题为《于戏叔岩》的文章，在当时颇为出名。至今，在评论余叔岩成就得失的时候，仍然不能不读这篇文章。那个时代，老生皆尊谭鑫培为宗师，余叔岩学的也是谭派。因此，在评论余叔岩之前，这位凌霄汉阁先提出一个观点，伶人学艺，自有渊源，包括谭鑫培自己和其他学者，此等学习，有善学、苦学、笨学、浅学和"挂号"这五种学法之分。

　　善学，是指先天自己本钱足，而后天又能够"体察自己，运用众长"，谭鑫培自己是也；苦学，是指自己本钱不足，但后天能够勤能补拙，余叔岩是也；笨学，是指枝枝节节，竭力描摹，却"不识本源，专研技式"，言菊朋是也；浅学，是指只学得皮毛而浅尝辄止，王又宸是也（王又宸是谭鑫培的女婿）；最末等的是"挂号"，是指那些只有谭派的字号，而无谭派的功夫，"如造名人字画者，只摹上下欺盖假图章"。

　　这五种学法，尽管他举例的余叔岩、言菊朋和王又宸，都说得有些苛刻，但不得不说他说得非常有意思。不囿于谭派之学，也不囿于京戏之学，对于我们今天学习其他方面的知识和技艺，也非常有启发。我称之为"学之五界"。真的是五种不同的境界。如"挂号"者那样的混世魔王，学得个博士之类唬人者，如今遍地皆是。浅学和笨学者，自然更是大有人在，这就是我们今天大学毕业生多如牛毛却难以出得真正人才的原因之一。

　　自古学习都是呈金字塔状，最终能够学有成效而成功者，毕竟是少数。这些人都是善学和苦学者。在我看来，除极个别的天才之外，善学和苦学，是筋骨密切相连，分不开的，两者应该是相互渗透而相辅相成的。即便凌霄汉阁所推崇的谭鑫培，也不是尽善尽美，再如何善学，他因脸瘦而演不了皇帽戏，不苦学，也不会能够演出一两百出好戏来。所以，说余叔岩苦学自然不错，但如果他不善学，仅仅是苦学，恐怕也出不了那么大的成就。

　　如果还说京剧，善学和苦学者多得是，方才有同光十三绝，有四大名旦，四小名旦，四大须生等等的群星璀璨。我最佩服的善学和苦学者，是梅兰芳和程砚秋。梅兰芳自是没的说，苦学，养鸽子为看鸽子飞练眼神，这几乎如达·芬奇画蛋一样，尽人皆晓了；善学，更是处处练达皆学问，京剧向王瑶卿学，昆曲向乔慧兰学，文向齐如山学，武向钱金福学，甚至一起排练演出《牡丹亭》时，向俞振飞学行腔吐字……

　　今年（2014年，编者注）是程砚秋诞辰110周年，就来单说程砚秋的善学和苦学。

　　程砚秋的水袖，为京剧一绝，当年四大名旦其余三位未能与之比肩，至今依然无人能够超出，即便看过张火丁和迟小秋的非常不错的演出，也觉得和程砚秋的差一个节气。无论在《春闺梦》里，还是在《锁麟囊》中，他的飘飘欲仙充满灵性的水袖，有他的创新，有他自己的玩意儿。看《春闺梦》，新婚妻子经历了与丈夫的生离死别之后，那一段哀婉至极的身段梦魇般的摇曳，洁白如雪的水袖断魂似的曼舞，国画里的大写意一样，却将无可言说的悲凉心情诉说得那样淋漓尽致，荡人心魄，充满无限的想象空间。看《锁麟囊》，最后薛湘灵上楼看到了那阔别已久的锁麟囊那一长段的水袖表演，如此的飘逸灵动，真的荡人心魄，构成了全戏表演的华彩乐章，让戏中的人物和情节，不仅只是叙事策略的一种书写，而成为艺术内在的因素和血肉，让内容和形式，让人物和演唱，互为表里，融为一体，升华为高峰。

　　将艺术臻化到这种至善至美的境地，是程砚秋善学和苦学的结果。他练得一手好的武术和太极拳，从三阶六合的动作中，体味到水袖抖袖的动作不应该放在胳膊甩、膀子抡上，而应该放在肩的抖动，再由肩传导到肘和腕上，如一个水流流畅到袖子上，抖出来的水袖才会如水的流动一样美。由此，他总结出："勾、挑、撑、冲、拨、扬、掸、甩、打、抖"十字诀，不同的方式，可以表现出不同姿势的水袖。这就是善学。

　　程砚秋的水袖，比一般演员的长四寸，舞出的水袖自然更飘逸优美，但同时也会比一般的演员要难，付出的辛苦要多。他自己说：我平日练上三百次水袖，也不一定能在台上用过一次。这就是苦学。

　　程砚秋的水袖，不是表演杂技，而是根据剧情和人物而精心的设置，每一次都是有讲究的，不像春晚水袖舞蹈中的水袖，乱花迷眼，也纷乱如麻，分不清为什么要水袖甩动，只觉得像喷水池在铆足了劲喷水。据说，在《荒山泪》中，多有两百多次水袖，风采各异，灵舞飞扬。在《武家坡》里，却少得只有四次水袖，但那四次水袖都是情节发展的细节，人物心理的外化，尤其是最后王宝钏进寒窑，水袖舞起，一前一后，翩然入门关门，美得动人心弦，舞得又恰到好处，然后戛然而止。

　　可惜，年龄的关系，我错过了程砚秋的舞台演出，如今还能从电影纪录片《荒山泪》中找补回来，但程砚秋那样美妙绝伦的《武家坡》，是再也看不到了。

书信的衰落

如今的人，手写的书信越来越少。尤其是手机微信的发达，更简便易行地替代了手写书信。有时候，真觉得科技是人类情感的杀手，用貌似最迅速的速度和最新颖的手段，扼杀人类心底最原始的也是最朴素的诉说。只是手指在手机上轻轻几下按动，不仅将人们相互情感的表达变得懒惰，冰冷冷的缺少了身体的温度，更变得千篇一律的格式化。

信件就是这样飞速又无可奈何地衰落。"家书抵万金"，更只是昔日的辉煌，残照般明灭在依稀的记忆里。就更别去说将信刻印在竹子上面的竹简了，如今哪儿还有那样的耐心，写一封信要费用那样的功夫，饶了我吧！

看到法国上月出版的新书《致安娜》（*Lettre to Anna*），书中收录了前法国总统密特朗从1962年到1995年他去世之前的三十三年里，给女友安娜写的一千多封书信。忽然想起前些年曾经在报上看到消息，美国前总统杜鲁门写给他的妻子所有的信，也印成了一本书《亲爱的贝思》(*Dear Bess*)。从 1910 年杜鲁门给贝思写的第一封情书，到他 1972 年去世之前写的最后一封信，一共 1322 封。一个三十三年，一个六十二年，都是一千多封信，想象那种由信件连缀起来的漫长岁月，一种由信件流淌而出的心底倾诉，含温带热，可触可摸，是那样的让人感动而羡慕。

我这里所说的羡慕，是在说我们如今的人，还能够像密特朗和杜鲁门一样一辈子里写下这样多的信吗？或许有人会说，人家是总统，我们普通人一辈子哪有那么多的信可写？这话说得也没错，但普通人之间也需要交流，尤其是亲人之间的家书，更是我国自古以来的传统，即使自己不会写字，也要请别人代写家书，以前这样的"代写书信"的先生，在街头摆摊常见。只不过如今交流的方式已经被手机微信和视频理所当然地取而代之。孩子给父母买一部手机或将自己的手机替换给父母，便将自己给父母写信一并省略了。

如今手写书信的衰落，是生活的挤压、虚假的泛滥、实用的放纵的一种现实；是感情的枯燥、精神的失落、内心的委顿的一种折射；是渴望虚荣、眷慕奢华、信奉浮夸的一种映照。别的不用说，你试一下，给自己的情人一下子送上 999 朵玫瑰，能够做到；但像密特朗和杜鲁门一样，能够水滴石穿坚持写下一千多封信，恐怕是天方夜谭。不要说一连写几十年，就是写几年试试看？就是写几封试试看？就该没词儿了，就该借助手机里那些现成的短信了，虽然是早在别人的嘴里咀嚼过不知多少遍的口香糖，那已经成为一种舒服的快餐般的表达方式和经过格式化修剪的习惯姿态。只是信原本带有的私密性已经被公共性所取代。

　　自然，唯恐说不尽，临行又拆封，写信时的那种独有的感情；远梦归侵晓，家书长不达，等信的那种等待的心情；独下千行泪，开君万里书，拆开信封时那一瞬间的美好感觉；更都是已经荡然无存。

　　手写书信的衰落，潜在的另一个拿不出手的因素，是我们手写的字越来越差，只好用手机微信来遮丑。以前上学临帖写大字，是必修的一门功课，是多少年来的文化传统，讲究的是意在笔先，也就是说执笔写字前心中要有所思，现在却是根本不用想，只照葫芦画瓢复制手机朋友圈上现成的词语就万事大吉。如今许多我们民族根性的东西都已经被我们中的一些人丢弃了，更不要说写字了。有趣的是，我们的字写得丑陋不堪，而在手机上的微信却是越来越花哨和肉麻。这也许是我们自己一种逃脱不掉的反讽。

　　密特朗和杜鲁门各自那一千多封信，让我想起这样的一个问题，我们一个人一辈子能够与多少封信？从《鲁迅全集》中查，我看鲁迅先生一辈子也是写了一千多封信，便想当然地觉得，大概最多也就是这样一个数字吧？无论密特朗、杜鲁门，还是鲁迅，都是名人，写的信自然要多一些，如我们一般的平常人，肯定比他们要少，一辈子又能够写多少封信呢？当然，因人而异，会有人多些，有人少些，但是，即使再少，也得有几封，哪怕一封，是由你自己亲手写下的或由你自己亲手接过来的信吧？这一辈子的回忆，才有了一个实实在在的依托吧？

　　记得我母亲去世之后，我在母亲珍藏的包袱皮里，发现了一封信，是1974年的春节前夕我写给她的一封信，那时候，我还在北大荒。母亲一直珍藏着。其实，母亲并不识字。

曲线是上帝的

　　星期天，我家来个小客人，是个只有4岁多一点的小男孩。大人们兴奋地在聊天，冷落了他，他显得很寂寞，大人们越来越高兴，他却噘着嘴越来越不高兴。我便和他一起玩，我问他你会画画吗？他冲我点点头。我拿来纸笔给他，他毫不犹豫，信心十足，上来大笔一挥，弯弯曲曲的线条占满了纸上上下下的空间，仿佛他在拿水龙头肆意喷洒，浇湿了花园里所有的地皮和他自己的一身。

　　他的家长拿过纸一看，责怪他：你这是瞎画的什么呀！我赶忙说：孩子画得不错。便帮孩子在纸的顶端弯弯的曲线之间画了一个小黑点，立刻，孩子兴奋地叫道：鸟！是的，孩子笔下看似乱七八糟的曲线，瞬间就活了似的，变成了一只抖动着漂亮大尾巴的鸟。是动物园里从来没有见过的鸟，是我们大人永远画不出来的鸟。

　　我相信任何一个孩子都是一个画家，他们笔下任意挥就的曲线，就是一幅充满童趣的画，我们在毕加索变形的和米罗抽象的画中，都能够找到孩子们挥洒的曲线的影子来。比起直线来，曲线就有这样神奇的魔力和魅力，它将万千世界化繁为简，浓缩为随意弯曲的线条，有了柔韧的弹性和想象力。

所以，与毕加索和米罗是老乡的西班牙最著名的建筑家高迪曾经说过："直线是人为的，曲线是上帝的。"

曾经听说过曲线属于女人，却从来没有听说曲线属于上帝，在高迪的眼里，曲线如此的至高无上。现在想想，高迪说得真有道理。大自然中，你见过有直线存在吗？常说笔直的大树，其实是夸张的形容，树干也是由些微的曲线构成，才真的好看，就更不用说起伏的山脉、蜿蜒的河流，或错落有致的草地花丛、鸟飞天际那摇曳的曲线。巴甫洛夫说动物都知道两点之间直线距离最短，其实两点之间动物跑出的从来不会是一条直线，雪地里看小狗踩出了那一串脚印，弯弯曲曲的，才如洒下一路细碎的花瓣一样漂亮。

去年，我在贝尔格莱德看一个现代艺术展，展览馆外先声夺人立着第一件展品，是在本来应该爬满花朵的花架里，塞满了一大堆缠绕在一起的铁丝网，乱麻一般的铁丝网的曲线肆意而充满饱满张力地纠葛冲撞着，花架成了想要约束它们却又约束不了它们的一幅画框。在这样尖锐的曲线面前，你可以想象许多，为它取好多个题目。

没错，曲线是上帝的，这个上帝属于自然、艺术和孩子，因为只有这三者最容易接近上帝。

城市的雪

　　■■■■■■　如今，地球普遍变暖变旱，冬天里的雪已经越来越稀罕。特别是在城里，难得飘落下来一场雪，如同难得见到一位真正清纯可人的美人一样了。

　　城市的雪，从入冬以来就一直在期盼中。在我居住的北京，仿佛要和春天里的沙尘暴有意做着强烈的对比，沙尘暴不请自到，而且次数频繁地光临，并不受城市的欢迎，但是，受欢迎的雪却在冬天里总是姗姗来迟，像是一位经历了难产的产妇。

　　以往的日子里，最耐不住性子的是渴望下雪天能够堆雪人打雪仗的孩子；如今，最焦灼不堪的是城边的滑雪场，总也等不来雪，只好先急不可耐地鼓动起人工造雪机，将人造的雪花纷纷扬扬地吹了出来，那只不过是冬天的赝品。

　　隆冬时分，城市的雪，终于在期盼中飘洒下来，但是，这种随着雪花纷纷飘来的喜悦很快就会消失，不用多久，雪便不再受欢迎，仿佛约会前的憧憬在见面的瞬间便顷刻扫兴地坍塌。雪落在树木上，再不会有玉树琼枝；雪落在房檐上，再不会有晶莹的曲线；雪落在院子里，再不会有绒绒的地毯和小狗跑在上面踩出的花瓣一样的脚印；雪落在马路上，很快被融雪剂覆盖，立刻化成了黑乎乎一摊摊泥泞的雪水。据说，这样化后的雪水，渗进街边的树根，能够让树都枯萎死掉。城市的雪，成了路面花草的敌人。

那种纷纷扬扬，飘飘洒洒，小精灵一样，跳着轻巧细碎的足尖芭蕾的晶莹雪花；那种覆盖在地上，毛绒绒的，嫩草一样，像是从地上长出来的神奇的童话般的晶莹雪花，已经是再难见到了。

也很难见到雪人，即使偶尔见到了雪人，也是脏兮兮的。城市污染的空气、汽车的尾气、制热空调机喷出的废气，一起尽情地把雪人的脸和全身涂抹得尘垢遍体，如同衣衫褴褛的弃儿，再没有原先那种洁白可爱。去年冬天，北京下了一场雪，我在街头见到一个雪人，上午刚刚见到时，它还高高大人，插着胡萝卜的鼻子和橘子的眼睛，格外鲜艳夺目，没到中午，它已经脏成一团，附近餐馆倒出的污水，无情地将它浇头灌顶，把它当成了污水桶。那天，我特意到天坛公园转了一圈，偌大的公园里，只看到一个雪人，小得如同一个布娃娃。公园并不能够为它遮挡污染，它一样脏兮兮的，只有头顶上盖着一个肯特基盛炸鸡块的小盒子，权且当一顶帽子，闪烁着带有油渍渍的色彩，像是故意给雪作的一个黑色幽默。

城市的雪，再不是大自然送来的冬天的礼物，而成了并不受欢迎的客人，成了城市污浊的乞儿，成了测试城市污染的显形器。

其实，雪是无辜的，雪到了城市，没有得到娇惯和恩宠，相反被城市带坏了。雪的本色应该是洁白晶莹可爱的，却这样一次次地受到了伤害。

我想起俄罗斯的作家普里什文曾经写过的《星星般的初雪》，他说："雪花仿佛是从星星上飘下来的，它们落在地上，也像星星一般烁亮。"他又说："今天来到莫斯科，一眼发现马路上也有星星一般的初雪，而且那样轻，麻雀落在上面，一会儿又飞起的时候，它的翅膀上便飘下一大堆星星来。"

只是，如今的城市，无论莫斯科还是北京，再不会有这样星星般的雪花了，再也不会有雪中飞起的麻雀翅膀上飘下一大堆星星的景象了。我想起前几年的初春到莫斯科，前一天下的雪刚化，无论红场还是普希金广场，无论加里宁大街还是阿尔巴特小街，都是一样的泥泞一片，黑乎乎的雪水，几乎是雪花在城市卸妆之后唯一的模样，处处雷同，走路都要提起裤腿，小心别踩到上面。

三十多年前，在北大荒插队的时候，我倒是见过一种叫雪雀的鸟，特别爱在冬天下雪的日子里出来，叽叽喳喳地飞起飞落，格外活跃。它们和麻雀一样大小，浑身上下的羽毛和雪花一样的白，大概是长年洁白的雪帮助它的一种变异，环境的力量有时强大得超乎想象。心里暗想，今天这种雪雀要是飞进城市，也得随雪花一起再变异回去，羽毛重新变成褐色，甚至乌鸦一样的黑色。

雪花的洁白，不在冬天里，只能在梦里、童话里，和普里什文的文字带给我们的想象里。

宽容是一种爱

有一首小诗这样写道："学会宽容／也学会爱／不要听信青蛙们嘲笑／蝌蚪／那又黑又长的尾巴……／允许蝌蚪的存在／才会有夏夜的蛙声。"

在竞争激烈的社会，在唯利是图的商业时代，宽容同忠厚一样，都成了无用的别名，让位于针尖对麦芒的斤斤计较，最起码也成了你来我往的 AA 制的记账方式。但是，我还是要说，宽容是一种爱。

18 世纪的法国科学家普鲁斯特和贝索勒是一对论敌，他们关于定比这一定律争论了九年之久，各执己见，谁也不让谁。最后的结果，以普鲁斯特的胜利而告终，普鲁斯特成了定比这一科学定律的发明者。普鲁斯特并未因此而得意忘形。他真诚地对曾激烈反对过他的论敌贝索勒说："要不是你一次次的质疑，我是很难把定比定律深入研究下去的。"同时，他特别向公众宣告，发现定比定律，贝索勒有一半的功劳。

　　这就是宽容。允许别人反对，并不计较别人的态度，而充分看待别人的长处，并吸收其营养。这种宽容是一泓温情而透明的湖，让所有一切映在湖面上，天色云影、落花流水。这种宽容让人感动。

　　我们的生活日益纷繁复杂，头顶的天空并不全是凡·高涂抹的一片灿烂的金黄色，脚下的大地也不尽如平原一样平坦。不尽如人意、烦恼、忧愁，甚至让我们恼怒、无法容忍的事情，可能天天会摩肩接踵而来——才下眉头，又上心头，抽刀断水水更流。我所说的宽容，并不是让你毫无原则地一味退让。宽容的前提是对那些可宽容的人或事，宽容的核心是爱。宽容，不是去对付，去虚与委蛇，而是以心对心地去包容，去化解，去让这个越发世故、物化和势利的粗糙世界变得湿润一些。而不是什么都要剑拔弩张、斤斤计较，什么都要拼个你死我活。即使我们一时难以做到如普鲁斯特一样成为一泓深邃的湖，我们起码可以做到如一只青蛙去宽容蝌蚪一样，让温暖的夏夜充满嘹亮的蛙鸣。我们面前的世界不也会多一份美好，自己的心里不也多一些宽慰吗？

　　宽容是一种爱。要相信，斤斤计较的人、工于心计的人、心胸狭窄的人、心狠手辣的人……可能一时会占得许多便宜，或阴谋得逞，或飞黄腾达，或春光占尽，或独占鳌头……但不要对宽容的力量丧失信心。用宽容所付出的爱，在以后的日子里总有一天会得到回报，也许来自你的朋友，也许来自你的对手，也许来自你的上司，也许来自时间的检验。

　　宽容，是我们自己的一幅健康的心电图，是这个世界的一张美好的通行证！

学会感恩

西方有一个感恩节。那一天，要吃火鸡、南瓜馅饼和红莓果酱。那一天，无论天南地北，再远的孩子，也要赶回家。

总有一种遗憾，我们国家的节日很多，唯独缺少一个感恩节，我们也可以吃火鸡、南瓜馅饼和红莓果酱，虽然我们也可以千里万里赶回家，但那一切并不是为了感恩，团聚的热闹总是多于感恩。

没有阳光，就没有日子的温暖；没有雨露，就没有五谷的丰登；没有水源，就没有生命；没有父母，就没有我们自己；没有亲情友情和爱情，世界就会是一片孤独和黑暗。这些都是浅显的道理，没有人会不懂，但是，我们常常缺少一种感恩的思想和心理。

"谁言寸草心，报得三春晖""谁知盘中餐，粒粒皆辛苦"，我们小时候背诵的诗句，讲的就是要感恩。滴水之恩，涌泉相报；衔环结草，以报恩德。中国绵延多少年的古老成语，告诉我们的也是要感恩。但是，似乎这样的古训并没有渗进我们的血液，有时候我们忘记了，无论生活还是生命，都需要感恩。

蜜蜂从花丛中采完蜜，还知道嗡嗡地唱着道谢；树叶被清风吹得凉爽，也会飒飒地响着道谢。但是，我们有时还不如蜜蜂和树叶，有时候，我们往往容易忘记了需要感恩。

没错，感恩的敌人，是忘恩负义。但是，真正忘恩负义的人毕竟是少数，大多数的人常常把别人给予自己的帮助和情谊、恩惠和德泽当作是理所当然，便容易忽略或忘记，有意无意地站在了感恩的对立面。难道不是吗？我们父母给予我们的爱，常常是细小琐碎却无微不至，不仅常常被我们觉得本就应该是这样，而且还觉得他们人老话多，树老根多，嫌烦呢。而我们自己呢，无论是同学或是情人的生日，都不会错过他们的生日PARTY，却偏偏记不清父母的生日。

懂得感恩的人，往往是有谦虚之德的人，是有敬畏之心的人。对待比自己弱小的人，知道要躬身弯腰，便是属于前者；感受上苍懂得要抬头仰视，便是属于后者。因此，哪怕是比自己再弱小的人给予自己的哪怕是一点一滴的帮助，这样的人也是不敢轻视、不能忘记的。跪拜在教堂里的那些人，仰望着从教堂彩色的玻璃窗中洒进的阳光，是怀着感恩之情的，纵使我并不相信上帝的存在，但我总是被那种神情所感动。

恨多于爱的人，一般容易缺乏感恩之情。心里被怨恨涨满的人，便容易像是被雨水淹没的田园，很难再吸收进新的水分，便很难再长出感恩的花朵或禾苗。

不懂得忏悔的人，一般也容易缺乏感恩之情。道理很简单，这样的人，往往唯我独尊，一切都是他对，他从来都没错，对于别人给予他的帮助，特别是指出他的错误弥补他闪失的说明，他怎么会在意呢？不仅不会在意，而且还可能会觉得这样的帮助是多余是当面让他下不来台呢。这样的人，心如冰硬板结的水泥地板，水是打不湿的，便也就难以再松软得能够钻出惊蛰的小虫来，鸣叫出哪怕再微弱的感恩之声来。

财富过大并钻进钱眼里出不来，和权力过重并沉溺权力欲出不来的人，一般更容易缺乏感恩之情。因为这样的人会觉得他们是施恩于别人的主儿，别人怎么会对他们施恩且需要回报呢？这样的人，大腹便便，习惯于昂着头走路，已经很难再弯下腰、蹲下身来，更难于鞠躬或磕头感恩于人了。

虽说大恩不言谢，但是，感恩一定不要仅发于心而止于口，对你需要感谢的人，一定要把感恩之意说出来，把感恩之情表达出来。美国曾经有这样一则传说，一个村子里，一家人围坐在餐桌前吃饭，母亲端上来的却是一盆稻草。全家都很奇怪，不知道这究竟是怎么一回事，母亲说："我给你们做了一辈子的饭，你们从来没有说过一句感谢的话，称赞一下饭菜好吃，这和吃稻草有什么区别！"连世上最不求回报的母亲都渴望听到哪怕一点感谢的回声，那么我们对待别人给予的帮助和恩情，就更需要把感恩的话说出来。那不仅是为了表示感谢，更是一种内心的交流，在这样的交流中，我们会感到世界因这样的息息相通而变得格外美好。

我在报纸上看到这样一则消息：湖南两姊妹在小时候有一次落水，被一个好心人救起，那人没有留下姓名就走了。两姊妹和她们的父母觉得，生命是人家救的，却连一声感谢的话都没有对人家说，发誓一定要找到这个恩人。他们整整找了20年，两姊妹的父亲去世了，她们和母亲接着千方百计地寻找，终于找到了这位恩人，为的就是感恩。两姊妹跪拜在地上向恩人表达感谢的时候，她们两人和那位恩人以及过路的人们都不禁流下了眼泪。

这事让我很难忘怀，两姊妹长达20年的行动告诉我，到什么时候都不要忘记对有恩于你的人表示感恩。而感恩的那一瞬间，世界变得是多么的温馨美好。

我永远也不会忘记几年前的一件事情。那天，我在崇文门地铁站等候地铁，一个也就四五岁的小男孩，从站台的另一边跑了过来。因为是冬天，羽绒服把小男孩撑得圆嘟嘟的，像个小皮球滚动过来。他问我到雍和宫坐地铁哪站近，我告诉他就在他的那边。他高兴地又跑了回去，我看见那边他的妈妈在等着他。等了半天，地铁也没有来，我走了，准备上去打出租车。我已经快走到楼梯最上面的出口处了，听到小男孩在后面"叔叔，叔叔"地叫我。我不知道他要干什么，便站在那里等他，看着他一脑门子热汗珠儿地跑到我的面前，我问他有事吗，他气喘吁吁地说："我刚才忘了跟您说声谢谢了。妈妈问我说谢谢了吗。我说忘了，妈妈让我追你。"我永远不会忘记那个孩子和那位母亲，他们让我永远不要忘记学会感恩，对世界上不管什么人给予自己的哪怕是再微不足道的帮助和关怀，也不要忘了感恩。

生命的平衡

　　不知道你相信不相信，无论什么样的生命，在短促或漫长的人生中都需要平衡，并且都会在最终得到平衡。美丽的白雪公主自然有其漂亮面庞的如意，却也有后母因嫉妒而派人追杀，以及毒梳子和毒苹果等危险的不如意；贫穷的灰姑娘自然有其种种悲惨的命运，却也有她和王子终成正果的美好回报。虽然眼睛瞎了，意大利的安德烈·波切利却成了著名的盲人歌唱家；虽然腿残疾了，爱尔兰的克里斯蒂·布朗却用唯一能够活动的左脚敲打键盘，成了著名的作家。个子高的，如姚明，自然成就了他的事业，他可以到美国的 NBA 去打篮球，风光无限；但个子矮的，就一定不如个子高的吗？如拿破仑，不足一米七的身高也不妨碍他成为盖世英雄。

　　就如《红楼梦》里所说的：大有大难处，小有小的好处。这也如《伊索寓言》里所讲的：高高的长颈鹿可以吃得着高高树枝头上的叶子，却没办法走进院子的矮小的门；矮矮的山羊吃不着高树枝头上的叶子，却轻而易举地走进了矮小的门。

懂得了生命中的这一点意义，不仅是让我们不必为我们自身的长处而骄傲，不必为我们自身的短处而悲观；也不仅是让我们知道拥有再多，总会有失去的时候，失去的再多，总会得到补偿的机会；更重要的是，让我们充分去体味到生命其实是一条流淌的河，"乱石穿空，惊涛拍岸，卷起千堆雪"，是生命中的一种情景；"潮平两岸阔，风正一帆悬"，也是生命的一种情景。一条河在流淌的过程中，不可能总是前一种风景，也不可能总是后一种风景，它要在总体流量的平衡中才会向前流淌，一直流入大江大海。因此，我们大可不必顾此失彼，也不必刻意追求某一点。如此这般，在生命的平衡中，让我们的心态更加从容，让我们的生活更加平和，让我们的人生成为更加舒展的画卷。

今年我去土耳其，遇见当今被称之为土耳其首富的萨班哲先生。说萨班哲先生是土耳其的首富，并不虚传，毫不夸张，大街上所有跑的丰田汽车，都是他家生产的；凡是有蓝底白字的"SA"字母牌子的地方，都是他家的产业。在土耳其，"SA"的标志，触目皆是；萨班哲的名字，家喻户晓。

如此富有的人，却也有命运不济的地方，他的两个孩子，一个儿子，一个女儿，都是残疾弱智。命运，就是和他开了这样残酷的玩笑。他却以为这其实就是生命给予他的一种平衡，而不去怨天尤人。他的想法，和我们古人的想法很有些相似之处："月有阴晴圆缺，人有悲欢离合，此事古难全"。想到生命这样的一点平衡的意义，他的心也就自然平衡了。命运在一方面给予他别人无法企及的财富，在另一方面便给予他对比如此强烈的惩罚。他想开了，惩罚也可以变成回报，两者之间沟通的桥需要的就是生命的平衡力量。于是，他便将他的财富不仅仅留给他的两个孩子，而且还在伊斯坦布尔修建了一座残疾人的公园，公园里所有的器械都是为残疾人专门设计的，就连游乐场上的摇椅，都有供残疾人不用离开轮椅而自动坐上坐下的自动装置。他希望以自己能够做到的事情来平衡更多残疾人不如意的生活，从而使自己不如意的生活达到新的平衡。

萨班哲先生已经70岁有余，虽然他如此富有，但对自己却非常抠门。据说他直到现在，始终是一天只抽一支雪茄，上午和下午各半支；始终是一天只喝一小杯威士忌，是在一天工作完太阳下山之后坐下来喝。然而，到了该花钱的时候，他却毫不吝啬、一掷千金。他在富有和贫穷、健全与残疾、得到与失去中寻找到了自己的平衡。

那天，我们去参观以他的名字命名的萨班哲博物馆。博物馆就建在博斯普鲁斯海峡的岸边，进可以观各种名画和《古兰经》，外可以看蔚蓝的海水和翩翩的海鸥，以及壮观的博斯普鲁斯大桥，真是非常的漂亮。这里原来是他的私人住宅，他捐献出来改建成了这座博物馆。在这座博物馆里，最有趣的是一间陈列室里，挂的全部都是萨班哲先生的肖像漫画。是萨班哲先生请来土耳其的漫画家们，让他们怎么丑怎么画，越丑越好，画成了这样满满一屋子的漫画。有时候，他到这里来看一屋子包围着他的、画着他的那一幅幅丑态百出的漫画，他很开心，他在这里找到了在外面被人或鲜花或镜头所簇拥着、恭维着所没有的平衡，他在这里找到了人生缺陷带来的痛苦中所没有的欢乐。萨班哲先生真是洞悉了世事沧桑，彻悟到了人生三昧。他实在是一个智慧的老头，懂得平衡的艺术真谛。

我们能够拥有他这样洒脱而智慧的心态吗？我们能够拥有他这样宠辱不惊的自我平衡的力量吗？如果我们也一样拥有，我们的人生就会和萨班哲先生一样过得充实而愉快，而不会因为一时的得意而忘乎所以，因一时的失意而绝望到底，我们便和萨班哲先生一样在世事的跌宕中历练自己，在生命的平衡中体味到人生的意义。

人的一生，从来不可能不是天堂就是地狱非此即彼的选择，而总是在这两者之间有一种平衡力量的显示。这样，我们的生命处于一种能量守恒状态中，而对生活中所呈现出极端才不会或得意忘形或惊慌失措。比如：有时候我们会处于睡眠状态，有时候我们会处于亢奋状态；有时候我们会如孔雀开屏四面叫好，有时候我们会如老鼠钻木箱两头挨堵；有时候我们需要抹甲紫，有时候我们需要搽变色口红；有时候我们需要开塞露，有时候我们又需要润肤霜……生命就是在这样的阴阳契合、内外互补、得失兼备和相辅相成中达到平衡。寻找这样的平衡，便会寻找到生活的艺术，寻找到生命和人生的意义。

生命平衡的力量，其实就是我们平常生活的定力，是我们琐碎人生的定海神针。

简洁是最美的生活

　　简洁不是简单。简单，有可能是贫乏或单薄，甚至有可能是可怜巴巴的寒酸。简单，如同枯树枝子，只能够用来烧火，别无他用。

　　简洁也不是我们传统意思上所谓艰苦朴素中的朴素。朴素，当然也是一种很好的品质，但朴素很可能是洗旧的衣服，被阳光晒得发白而缺少了本应该具有的色彩。

　　简洁的洁，不仅仅是干净的意思，这里的洁，包括美的意味。因此，对比简单或朴素，简洁体现更多的是美，而这种美不是唐朝的美人那种臃肿肥胖的美，是那种以简洁的线条所勾勒出来的现代美。

　　简洁所呈现出的美，是齐白石和八大山人用最少的笔墨留出最大的空白所画出的写意式的美，是米罗和蒙德里安以干净爽朗的线条色彩和几何图形所构筑的象征性的美。

"忽如一夜春风来，千树万树梨花开"，不是简洁；"行到闹荷无水面，红莲沉醉白莲酣"，更不是简洁。"两个黄鹂鸣翠柳，一行白鹭上青天"，就是简洁；"一去两三里，烟村四五家"，就是简洁。

简洁，对应的不仅是物化的奢侈豪华，同时也是精神的杂乱无章。千树万树，沉醉酣醉，正是生活坐标系简洁所对应的那奢靡的一极。人为物役，钱为君主，心被挤压得千疮百孔尘垢重重，离简洁怎么能不越来越远？甚至以简洁为丢脸而不屑一顾，视简洁为简单而不值一提，就是很自然的事情，一点不足为奇。

不要说那些贪官污吏，那些大款富婆，他们的日子已经发霉，他们生活的字典里早没有了简洁的字眼，酒嗝中散发着腐臭的气味。就是在我们普通人的日常生活中，和简洁也越来越背离，将简洁越来越遗忘，这是非常可怕的事情。

在我看来，起码有这样三点：

一是我们的吃饭，越发变得繁文缛节起来，为吃饭花的心思、浪费的人力物力，不计其数，偏偏还美名为饮食文化，一顿年夜饭可以花费上万元，即使是一块中秋节的月饼也可以卖上几千元，铺排得淋漓尽致，却要打文化的牌，拿文化来说事，让心里得到自我安慰。

一是房屋的装修，越发不知节度。一座新房，不拆得大卸八块不解气，不闹出惊天动地的动静不罢休，美其名曰设计，巴洛克雕饰罗马柱，红木家具羊皮欧式灯，中不中洋不洋的堆砌，消化不良的煊赫，以豪华以金碧辉煌为美为荣，而不惜满屋子如赘肉鼓胀拥塞，让甲醛尽情弥漫。

一是女人的打扮，脸上化妆的脂粉越发厚重，走起路来粉末飞扬，手上脚上的金银饰品越发繁多，不走路都叮咚作响，不是为了点缀而是为炫耀，自然会忘记了契诃夫早就说过的：人的一切都应该是美的这句名言，便也就更容易和简洁背道而驰，以为这样的生活就是我们所期望的幸福和美的生活。

当然，就不要说花费越来越昂贵的婚礼，据统计，天津市年轻人的婚礼最高可达几十万元人民币，最少也要4万多元；也不要说今年巴西国脚和皇家马德里来华的足球比赛，花费更是天文数字，那种前呼后拥的礼仪已是热情过度的表现了。前者已经完全不是为了生活本身，而后者只是一场"秀"，不仅脱离了简洁也脱离足球本身。

简洁的生活，看似简单，其实是多么不容易做到，即使我们只是普通人。因为我们就被这样崇尚奢华制造、奢侈的生活包围在其中，"暖风熏得游人醉，直把杭州作汴州"，要想跳出这样的包围，该需要多么坚定的定力。

这种定力，就是要求我们认定：简洁的生活，其实是最美的生活，这是因为这种美里包含着对现代越发堕落的生活的沉淀，沉淀下那些侵蚀我们的杂质和腐蚀剂。

简洁，有时能够产生意想不到的奇迹。就像毫不值钱的麦秸，简洁几下，可以做成漂亮的麦秸画；就像毫不起眼的石头，简洁几斧头，可以做成精美的雕塑；就像毫无色彩的芦苇，却可以做成洁白的纸张；就像毫无分量的竹子，只要简洁地凿几个眼，可以做成能够吹出美妙旋律的笛子。

　　没错，简洁的生活，其实是以少胜多的生活，少的是我们对物质的贪得无厌，多的是对心灵和精神自由展开的空间，让我们的心里多一些音乐般美好的旋律。

　　简洁，看起来是生活的一种方式，是审美的一种要求；其实，更是现代精神自由的一种体现，是价值系统平衡的一个支点。

我们便身在天堂

　　■■■■■　　一般人们会更关注奥运会的比赛，我却更关心奥运会的音乐。在赛场上听到的歌声，和在音乐厅里听到的，感觉完全不同。其实，从音响效果上讲，奥运会赛场上远远赶不上音乐厅。但是，无论身在其中，还是坐在电视机前，听得我总是非常的感动，甚至激动。

　　记得多年前巴塞罗那奥运会的闭幕式上，我坐在体育场内，听到卡雷拉斯和莎拉·布莱曼合唱一曲，特别是看到他们在自己的歌声随圣火渐渐熄灭而终止后激动地拥抱在一起的时候，我忍不住流下了眼泪。后来，我买了一盘闭幕式现场录音的CD，但是，拿回家放进音响里再听，已不是一回事，再无法听出当时的感觉。

　　今年（2012年，编者注）夏天伦敦奥运会闭幕式上的音乐，歌声占据了绝对的主角，简直成了一个简版英国摇滚史一样的专场音乐会，是历届奥运会都没有出现过的奇迹。其中，有一个68岁的老歌手叫雷·戴维斯，是英国老牌"奇想乐队"的主唱。他唱了一首《日落滑铁卢》的老歌，令我非常感动，至今依然清晰在耳。他唱得非常幽婉抒情，其中有一句"只要注视着滑铁卢的落日，我们便身在天堂。"那种真切却又格外珍惜的感情，真的很动人。

滑铁卢是伦敦一座有名的桥，电影《魂断蓝桥》里说的那座蓝桥，就是戴维斯歌里唱的滑铁卢桥。是因为它的历史，它的故事，才让它的落日不同寻常又韵味悠然，以至于让戴维斯如此深情缅怀地吟唱，并那样坚定地认为便身在天堂吗？

其实，那不过是伦敦的一座古桥而已，就像我们北京天安门的金水桥，或者天津海河上的解放桥一样的吧。可是，我又在想，我们何曾注视着金水桥或解放桥的落日，然后能够感动得或感觉到自己便身在天堂呢？起码我自己，无论年轻的时候，还是后来的悠悠岁月里，无数次的经过金水桥和解放桥，无数次看过荡漾在金水河和海河水里的落日，但是，我没有一次感受到雷·戴维斯唱道的"我们便身在天堂"的感觉。

是的，天堂是一种感觉，而不是一个如教堂、如饭堂、如酒店、如别墅，或者像马尔克斯所幻想的如图书馆一样的实体。天堂不是为了满足我们物欲要求的地方，也不是安放我们死后的身体并能够将我们灵魂升天的地方。天堂只是抚慰我们精神、栖息我们感觉的地方。你感觉到它了，它便存在；你感觉不到它，它便不存在。

只是如今，在物欲横流的冲击下，身为物役的我们，感觉已经迟钝。我们也可能会想起看看落日，但一般更乐于到长江黄河边看那长河落日圆，或到大西洋边看那半洋瑟瑟半洋红。是那种旅游中的落日，是那种彩色照片上的落日。我们更注重那背景，那情调，那新买的新款尼康或佳能单反相机拍下的照片的效果和回味的说辞。我们常常忽略掉身边的常见易见的事物，便也就容易常常从金水桥或解放桥或任何一座比滑铁卢桥还要古老的桥旁边走过却视而不见。那曾经无数次灿烂而动人的落日，可以让我们感动得觉得那一刻"我们便身在天堂"的情景，便也就无数次和我们失之交臂。

说到底，我们对于天堂的要求过于实际，或者过于奢侈，不像雷·戴维斯唱得那样简单，简单得如同一个孩子得到了一支棒棒糖或一个氢气球，就可以欢蹦乱跳，将发自心底的笑声飞进而出，变为美丽的歌声。

真的，如果不是雷·戴维斯在伦敦奥运会上重新唱起了这首《日落滑铁卢》，我根本不知道这个世界上还曾经有过这样一首这么动听的好歌。是戴维斯将一首老歌点石成金，仿佛一棵梅开二度的老树，重新焕发出魅力和活力。

不过，有一点，我想如果没有奥运会的背景，没有圣火随美好的音乐一起渐渐熄灭，雷·戴维斯的歌声还会这样动听而让我们难忘吗？会不会被我们忽视，甚至擦肩而过而素不相识呢？真没准就是这样呢。想到这里的时候，雷·戴维斯的《日落滑铁卢》，和奥运会的圣火，一起升起，又一起消逝，更一起燃烧并灼伤我的心头。

如今，我们的各种音乐大赛很多，出的各种唱盘更是多如牛毛，但是，我们似乎缺少这样的歌。腾格尔的《天堂》，唱的是他的草原故乡，当然，故乡也可以是我们的天堂，腾格尔唱得也很美，但毕竟还是实体。天堂是不存在的实体，它只存在我们的想象中，我们的感觉里。我们的歌，往往愿意唱得内容很大，天堂便显得离我们很远。我们往往愿意唱得很空泛，天堂便显得越发虚无缥缈。我们只是唱唱而已，或许自己并不相信。